I0751524

LA VIERGE

DE L'INDOSTAN,

OU

LES PORTUGAIS

AU MALABAR.

LA VIERGE

DE L'INDOSTAN,

OU

LES PORTUGAIS

AU MALABAR;

PAR Mme. BARTHÉLEMY HADOT,

Auteur des *Mines de Mazara*, de la *Tour du Louvre*, etc. etc.

TOME TROISIÈME.

PARIS,

PIGOREAU, LIBRAIRE,

Place Saint-Geimain-l'Auxerrois, no. 20.

1816.

DE L'IMPRIMERIE DE J.-B. IMBERT,
rue de la Vieille-Monnaie.

LA VIERGE

DE L'INDOSTAN,

OU LES PORTUGAIS

AU MALABAR.

CHAPITRE XVI.

L'AMITIÉ, ce doux sentiment qui fait le charme des êtres vertueux, est un mariage spirituel, qui établit entre deux âmes un commerce général et une correspondance parfaite. Ses apanages consistent principalement dans une confiance et un abandon mutuels. La bourse et le cœur doivent être ouverts pour un ami; il n'est point de cas où l'on puisse les lui refuser.

Cette maxime sacrée était depuis

long-temps gravée dans le cœur de Florestan.

La noble conduite qu'il avait tenue à l'égard de dom Carlos, ainsi qu'à celui du malheureux dom Sanche et de son épouse, en était une preuve irrécusable.

Ceux-ci n'ayant plus besoin de ses services, il se consacra entièrement au bonheur d'Alphonse.

Le temps qu'il passa dans le vaisseau avec lui, fut employé à d'utiles leçons.

Cher enfant, lui disait-il, notre sort est maintenant inséparable; et si le ciel seconde mes vœux, je ne te quitterai jamais, tes destinées futures seront les miennes.

Si mon attente était trompée, et que des événemens qu'on doit redouter en mer, mais contre lesquels la prévoyance humaine est toujours en défaut, venaient à nous séparer, si la mort enfin me ravissait la douceur de te consacrer ma vie, ah! promets à ton ami, à ton frère, que jamais tu ne feras connaître que ton père se nommait dom Carlos, et qu'il était Portugais d'origine.

Hélas! ton nom, célèbre par tant de belles actions, est maintenant un opprobre aux yeux de la multitude égarée, et tu pourrais aborder dans un climat où le récit des malheurs de ta déplorable famille serait déjà parvenu. La prévention, l'injustice contribueraient à te fermer tous les cœurs.

Tu pleures, Alphonse..... Ah! mon ami, peut-être le ciel sera-t-il sensible à notre infortune; peut-être me conservera-t-il, afin que je puisse veiller sur toi, et devenir le guide de ta faible jeunesse.

Les premiers jours de la navigation de Florestan et d'Alphonse furent des plus heureux; mais ensuite un calme plat les retint plus d'un mois dans une stagnation qui commençait à devenir inquiétante. Ils ne furent tirés de cette peine, que pour en éprouver une plus grande encore.

Un vent chaud vint tout-à-coup enfler les voiles; le pilote examine le ciel, et aperçoit dans le lointain un point noir, signal certain d'une tempête prochaine. Bientôt les nuages semblent s'amonceler; les éclairs et la foudre portent la terreur dans les âmes les plus hardies.

Le commandant ordonne, tous les matelots agissent; les voiles sont pliées, on baisse le grand mât, on hisse ceux de ressource, et l'on attend ainsi, que la tempête existe tout-à-fait, ou qu'un vent favorable la dissipe entièrement.

On avait inutilement tenté de jeter l'ancre; mais le vaisseau s'était trouvé stationné par le calme, au-dessus d'un abîme sans fond.

Florestan était doué d'un grand courage; s'il eût été seul, il eût peut-être vu approcher la mort sans pâlir : mais l'infortuné Alphonse lui faisait chérir la vie. Enfin, les vents déchaînés parcourent les airs, et chacun d'eux amène avec lui des nuages, qui bientôt se réunissent dans un seul.

Tout ce que le ciel et la mer en courroux peuvent présenter d'horreurs, existe en ce fatal instant. Des montagnes humides semblent élever le vaisseau jusqu'aux nues, puis le rabaissent avec une impétuosité qui rend inutile le zèle du pilote et celui des matelots.

On crie, on jure, on prie dans l'équipage. Pendant plus de douze heures on n'aperçoit d'autre lumière, que celle que procure la foudre qui tombe presqu'à chaque minute.

Pour mettre le comble à leur détresse, le vaisseau, battu par une trombe, chassé par un tourbillon de vent du nord, donne sur un rocher. La calle est endommagée, et l'eau commence à y pénétrer de toutes parts. Ce coup funeste faillit perdre l'équipage.

Le tonnerre, qui n'avait point frappé le vaisseau, s'éloigna tout-à-fait. L'horizon s'éclaircit, et le soleil, prêt de paraître, allait réfléchir ses rayons lumineux dans le cristal de la plaine liquide. Enfin la tempête avait cessé ; l'espoir rentrait dans presque tous les cœurs : mais, telle qu'une ombre légère, il s'évanouit dès qu'on s'aperçut que le vaisseau avait été fracturé, et qu'il était impossible qu'il tînt encore long-temps.

Chacun se mit à l'ouvrage ; on fit jouer les pompes, pour éviter d'être coulé à fond ; on jeta les canons à la mer, ainsi que tous les objets dont on pouvait, à la rigueur, se passer.

Le pilote, après s'être orienté par le moyen de sa boussole, annonça que la tempête les avait écartés du but; qu'au lieu de s'approcher de Pondicheri, il s'en était éloigné, et se trouvait à l'embouchure du Gange.

Comme il était physiquement impossible d'avancer ou de revirer de bord avant d'avoir pu réparer les dégâts que le choc venait de causer au bâtiment, on jeta la grosse ancre. Elle prit terre, et durant vingt-quatre heures on s'occupa des moyens d'empêcher l'eau de pénétrer.

Après avoir brassé le petit hunier et le grand perroquet, déployé les voiles, frisé, cargué la misaine, on leva l'ancre, puis, revirant de bord, on partit.

Le vent paraissait favorable, et trois jours d'une navigation sans accident pouvaient conduire le frêle bâtiment jusqu'à Pondicheri. Cependant il faisait toujours eau par quelque côté; mais le travail des gens de l'équipage obviait à cet inconvénient. Le patron eut bien mieux fait de se diriger sur les côtes du Malabar, dont il n'était pas éloigné de plus de quatre mille brasses.

Une seule chose était à craindre ; c'était la rencontre de quelque banc de sable. Un jour s'était écoulé sans qu'il arrivât rien de funeste ; mais la nuit qui suivit fut pour Florestan et Alphonse la plus terrible qu'ils eussent encore passée.

Le pilote aperçut dans l'éloignement un vaisseau qui semblait stationné. Il était accompagné de plusieurs chaloupes ; et comme il en approcha, on tira un coup de canon, auquel l'équipage hollandais ne put répondre, puisqu'il n'avait plus les siens.

Aussitôt les chaloupes se mirent en croisière, et dès-lors on s'attendit à être pris ; car on avait reconnu que le bâtiment portait pavillon africain. Le patron était décidé à vendre chèrement sa vie ou sa liberté. Il fit passer dans l'âme des matelots le noble sentiment qui l'animait. Mais que peuvent la valeur et le courage contre la force des armes et leur supériorité ?

Le vent, qui n'avait été que faible, augmenta tout-à-coup, et hâta la perte de l'équipage, qui se trouva cerné par les chaloupes, ayant chacune deux pièces de canon.

Le capitaine qui les commandait, s'apercevant du mauvais état du vaisseau qu'il voulait capturer, ne le harcela point de son artillerie. Il ordonna l'abordage à l'arme blanche et au pistolet.

Tout l'équipage se défendit, et pendant près d'un quart-d'heure il résista vigoureusement.

Alphonse, debout sur le tillac, tremblait pour les jours de son ami Florestan.

Près de lui était le fidèle Cerbère, qui s'était attaché singulièrement à son jeune maître, et ne l'avait point quitté depuis qu'ils étaient entrés dans le vaisseau.

Les cris des gens qui attaquaient et ceux des matelots du navire attaqué, portèrent la terreur dans l'âme encore timide du fils de dom Carlos. Il voit un cimeterre élevé sur la tête de celui qu'il aime comme s'il était son père. Il veut descendre du tillac pour se placer entre l'arme fatale et son généreux protecteur; son pied s'embarrasse dans des cordages, il tombe à la mer, et n'a de témoin de sa chute que le chien fidèle qui se précipite après lui.

Tandis que ce malheur a lieu, le vaisseau est pris. On y entre, et bientôt tout le monde est fait prisonnier.

Florestan appelle Alphonse, le cherche. O douleur! celui pour qui il a tout sacrifié a disparu.

Il fait retentir l'air de ses gémissemens, se recommande à la pitié du vainqueur; mais, hélas! la pitié ne parle point à cette âme insensible, et Florestan ne peut obtenir qu'une des chaloupes aille à la recherche du malheureux Alphonse.

On enleva tout ce qui était dans le navire. La riche cassette que Florestan y avait apportée fut bientôt ouverte : on en partagea l'or. Les papiers qu'elle renfermait furent examinés par le capitaine, et rendus à Florestan; ensuite, lorsque tous les prisonniers eurent été embarqués sur l'Algérien, une bordée de canon coula à fond la carcasse du bâtiment, dont on avait préalablement enlevé les voiles, les cordages et tout ce qui pouvait être utile au vainqueur.

On ne peut se former une idée de l'horrible situation de Florestan. Précipité, ainsi que ses malheureux compagnons, dans la cale du vaisseau, chargé de fers, exposé aux insultes des barbares qui étaient les maîtres de leur destinée, il demandait pour toute grâce la permission de se jeter en mer. Il espérait pouvoir retrouver son cher Alphonse, qui, sachant parfaitement nager, pouvait peut-être parvenir sur quelque pointe de rocher (1).

Toutes les prières de Florestan furent inutiles, et lui attirèrent les plus affreux traitemens.

Tandis que le vaisseau qui le portait voguait vers Mujac, royaume considérable de la Cafrerie, au midi de l'Afrique, vers le cap de Bonne-Espérance, le petit Alphonse luttait contre la mort.

---

(1) La côte du Malabar et celle de Coromandel sont presque partout devancées par des rocs, sur lesquels on trouve une grande quantité de perles précieuses et de coquillages.

Il y avait plus d'une demi-heure qu'il nageait à côté du bon Cerbère, lorsque ses pieds heurtèrent contre un corps solide. C'était un roc dont la cîme était à fleur d'eau. Il le gravit et se trouva, non pas hors de danger, mais du moins pour un instant il put se reposer.

Le ciel est pur, les étoiles brillent, et la clarté de la lune lui fait apercevoir en mer le vaisseau algérien, qui sans doute emmène Florestan, si la barbarie de ces pirates ne lui a pas fait donner la mort.

Il lève ses mains vers le ciel, et le supplie de le secourir, et de sauver aussi les jours de son ami.

Assis sur la pointe du roc, il attend que ses forces soient un peu réparées pour se rejeter à l'eau, et tâcher de gagner un point qu'il a aperçu.

C'est une lumière lointaine, causée sans doute par un feu allumé par quelques Indiens ; mais , hélas ! il craint de ne pouvoir aller jusqu'à l'objet qui cause son espoir.

Le besoin le plus affreux le tourmente ; la faim, la dévorante faim se fait sentir, et rien ne se présente pour l'apaiser. L'instinct de Cerbère lui devient utile ; l'animal casse de ses dents plusieurs coquillages, et en mange l'intérieur. Son exemple est suivi par Alphonse ; il en ramasse, mais il ne peut les ouvrir. Il les donne au chien, qui semble joyeux de pouvoir lui préparer son frugal repas.

Il avait déjà passé près de six heures sur le haut du rocher, lorsque le jour vint à paraître. Le feu qui, pendant la nuit, avait fait naître pour lui quelques rayons d'espérance, avait cessé entièrement : mais une fumée épaisse venant du même point lui donna la certitude qu'il était peu éloigné de la terre.

Il se recommande à Dieu, descend

du roc et se met à nager de nouveau. Bientôt il aperçoit un rivage; mais le fleuve du Gange est soudainement agité, il éprouve à fendre l'eau une difficulté incroyable; plus il est près du but, et plus il craint de ne pouvoir l'atteindre.

La terreur brouille toutes ses idées; son cœur palpite, ses forces l'abandonnent; il n'a plus la possibilité de nager: encore quelques brasses d'eau à parcourir, et il était sauvé.

Pauvre enfant! il semble que le ciel ne daigne plus veiller sur sa faible créature, que tous les malheurs accablent a la fois.

Un courant l'entraînait déjà loin du rivage, quand Cerbère le saisit par le bras et l'amène jusqu'au bord du fleuve, le retire tout à fait de l'eau, et se couche à côté de lui; mais il n'y resta qu'un moment.

Comme Alphonse ne donnait plus

aucun signe de vie, le fidèle animal se mit à japper autour de lui. Il fit retentir l'air de ses longs gémissemens, et semblait, par l'expression de sa douleur, appeler au secours de son jeune maître.

Des Indiens qui habitaient près du rivage entendirent du bruit. Ils accoururent du côté d'où il partait. Tous étaient armés d'arcs et de flèches, et se disposaient à aller à la chasse.

Cerbère court à eux d'aussi loin qu'il peut les apercevoir, et saute de joie, comme s'il eût pressenti que ces gens pouvaient rendre la vie à Alphonse.

Les Indiens, effrayés à la vue de cet animal, qu'ils présument être furieux, sont prêts à lui lancer leurs flèches; mais celui-ci se couche à leurs pieds, les regarde et semble vouloir les attendrir, se relève ensuite et retourne vers le bord du fleuve, toujours en jappant.

Deux des Indiens, plus hardis et

plus curieux que les autres, le suivent, et arrivent enfin jusqu'à l'enfant, que le pauvre Cerbère paraissait couvrir de son corps.

On eût dit qu'il cherchait à le réchauffer, car il lui léchait la figure et les yeux.

Un de ces hommes portait sur lui une gourde dans laquelle était une liqueur spiritueuse. Il prend l'enfant dans ses bras, lui en fait avaler quelques gouttes, et par ce secours, administré à plusieurs reprises, il le rend à la vie.

Alphonse ouvre les yeux, regarde l'Indien, et lui dit d'une voix faible : Vous n'êtes point Florestan ! il est perdu pour moi !

L'Indien n'entend pas les mots qui lui sont adressés ; mais la pitié parle à son cœur généreux ; il appelle ses camarades, que les aboiemens de Cerbère avaient effrayés.

Tous arrivent au même moment,

cassent des branches d'arbres, en forment un brancard, et posent Alphonse dessus; mais celui ci n'y sera pas seul. Cerbère, qui l'a sauvé du Gange, où il allait périr, saute sur le brancard, s'y couche, et son corps sert encore à recevoir la tête de ce malheureux enfant, qui est retombé de nouveau en faiblesse.

Les Indiens ont une vénération étonnante pour tout ce qui leur vient du fleuve du Gange; et cet enfant, trouvé sur le rivage, leur parut être un présent du divin Brama, qu'ils regardent et adorent comme l'auteur du bien et celui de la création de l'univers.

Près de la côte où Alphonse avait failli trouver la mort, se trouvait un bois sacré, où était construit un temple à l'honneur de la divinité, et près duquel habitaient aussi le grand bramine et les faquirs, espèce de religieux (1) qui

---

(1) Les Faquirs font consister leur plus haute

instruisent les enfans sur les principes de leur religion.

Alphonse fut porté dans la maison de l'Indien qui, le premier, l'avait secouru, et confié aux soins de sa femme. Elle était mère; il n'en fallait pas davantage pour qu'elle prît un vif intérêt au sort de cet enfant. Bientôt il fut à même de prendre de la nourriture. On le plaça ensuite sur un lit composé de mousse et de feuillage. Un sommeil réparateur rafraîchit ses sens, et vers le soir il put se lever. Il témoigna par sa pantomime toute la reconnaissance

---

dévotion dans le choix de l'attitude la plus gênante, qu'ils ne quittent plus qu'à la mort; ils se font attacher quelquefois avec des cordes, ou bien on leur tord les bras. Enfin, la mesure de l'admiration qu'ils inspirent, des applaudissemens qu'on leur prodigue, et des prières qu'on leur adresse, est celle des tourmens auxquels ils s'exposent.

qu'il éprouvait. Il eut inutilement employé les paroles; elles n'eussent pas été entendues des Indiens, dont il ne comprenait point le langage, mais dont il pouvait déjà apprécier la bonté. Ces heureux enfans de la nature, que l'ambition n'avait point encore fait dévier des sentimens de l'humanité, lui prodiguèrent les plus grands soins.

Il passa deux jours chez l'Indien qui l'avait reçu; mais il ne le vit point. Il s'aperçut qu'on le traitait dans la maison avec une sorte de respect dont il ne pouvait deviner la cause.

Cette maison hospitalière était à une lieue du rivage, au milieu de plusieurs autres petites habitations qui étaient occupées par des pêcheurs. Pendant les journées qu'Alphonse passa dans ce lieu, tout le monde avait l'air joyeux, et les danses continuelles dont il était le témoin commencèrent à l'effrayer.

Il se ressouvint de l'Histoire des Sauvages, qu'il avait lue, et qui parlait des sacrifices faits par les anthropophages. Il craignit d'être une victime dévouée au sort le plus affreux.

Aimable enfant ! bannis cette vaine terreur : la Providence veille sur toi, et peut-être qu'un jour tu jouiras d'un sort heureux.

Le matin du troisième jour il entendit une multitude de voix qui s'étaient réunies, et formaient un concert assez agréable.

Il vit peu après entrer un vieillard vénérable, dont le costume était tout différent de ceux que portaient les Indiens.

Il en reçut plusieurs salutations. On lui présenta un costume semblable à celui de son hôte, des colliers, une espèce de turban couvert de perles, enrichi de diamans, et surmonté de plumes de toutes couleurs.

Alphonse vit bien qu'on exigeait qu'il abandonnât l'habit espagnol. Il le fit. Aussitôt qu'il eut quitté ses vêtemens, et qu'il reparut paré des présens de l'Indien, les chants recommencèrent. On lui présenta à boire dans une grande coquille; après qu'il eut bu, chacun des Indiens en fit autant : ce qui lui donna lieu de croire que le cérémonial que l'on venait d'observer était un signe d'amitié, et qu'il n'avait point à redouter de nouvelles infortunes.

Hélas! celles qu'il avait déjà ressenties étaient bien cruelles!

Séparé de tout ce qu'il aimait, seul au monde dans un pays qui lui était inconnu, il ne pouvait prévoir ce qu'on prétendait faire de lui; mais comme ceux qui l'entouraient lui témoignaient un grand respect, il pensa qu'ils ne seraient pas tenté de lui faire du mal.

Enfin, le pauvre petit Alphonse semblait être déifié; il n'y avait pas jusqu'à son chien pour lequel on paraissait avoir du respect, et auquel on prodiguait la meilleure nourriture.

La moitié de la journée se passa au milieu de la joie. Les Indiens versèrent des larmes, lorsque le bramine, qui lui avait apporté ses nouveaux habits, lui fit signe qu'il eût à se placer sur un brancard richement couvert d'une étoffe de soie et d'or.

Alphonse ne pouvait qu'obéir. Tous ces bonnes gens sortirent les premiers de la maison, et, tout en dansant, ils se rendirent dans la forêt de Brama, qui n'est qu'à sept lieues de la ville d'Ougly (1).

---

(1) Ougly, au-dessus des bouches du Gange, belle ville de l'Asie, dans l'Indostan, est très-marchande. Les Hollandais y ont maintenant de très-beaux comptoirs, aussi bien qu'à Batavia, lieu de l'entrepôt du commerce, et le rendez-vous des Chinois, qui y apportent toutes les productions de leurs pays.

Le temple était ouvert. Tout le cortége y entra. On ne peut se former une idée du trouble qu'éprouva le fils de dom Carlos. Il pensa que réellement on allait l'immoler au dieu du pays, devant la statue duquel les Indiens étaient tous agenouillés.

Il implora la pitié du bramine, qu'il prenait pour le sacrificateur; tendit vers lui des mains suppliantes. Celui-ci s'aperçut de la terreur de ce jeune enfant, il le rassura par sa pantomime, le conduisit vers la statue qui représentait le Grand Brama, et le fit asseoir sur les degrés de l'autel : dès-lors tous les spectateurs, qui s'étaient relevés, s'inclinèrent de nouveau.

On lui présenta un grand livre composé de feuilles de palmier, sur lesquelles se trouvaient écrites les lois des Indiens, ainsi qu'un poinçon d'or.

Alphonse pensa qu'on exigeait qu'il traçât quelques mots sur le missel sacré;

il y mit ceux-ci : *Alphonse aimera toujours les bons Indiens.*

Au même instant une troupe de jeunes Indiennes entrèrent dans le temple. Une d'elles portait un arc, d'autres des flèches ; elles offrirent le tout au bramine, qui arma Alphonse, après avoir adressé des prières à la Divinité.

Cette cérémonie achevée, on sortit du temple en chantant, et dès qu'on fut hors du bois, on reporta sur le même brancard, et l'enfant et son compagnon. Une chaloupe légère était préparée vers le rivage ; plusieurs Indiens y montèrent, ainsi que le bramine, et l'aimable et bel Alphonse.

La barque était précédée par un canot qui fendait l'eau, et après plusieurs jours d'une navigation aussi prompte qu'agréable, ils se trouvèrent à l'embouchure du fleuve Mindoux, et près de Golconde.

Pendant le voyage maritime, on prodigua à Alphonse les soins les plus empressés. Il commença à comprendre qu'on le regardait comme un personnage important.

A l'aspect d'une ville, l'espérance vint le flatter. Il eut enfin la consolante idée que ce pays, où il allait sans doute entrer, était peut-être Pondichéry, ou que du moins il trouverait là des hommes dont il pourrait entendre le langage.

Il fut mis hors de la chaloupe, placé sur le brancard, et porté en triomphe jusqu'au palais du nabas.

Voici ce qui avait donné lieu à son nouvel embarquement, ainsi qu'à son arrivée au royaume de Golconde.

Lorsqu'il fut sauvé par les Indiens, on doit se rappeler qu'ils le regardèrent comme un présent de Brama.

L'hôte généreux qui l'avait reçu chez lui alla trouver le grand ministre de la

Divinité du pays, qui était le frère de Sigisgan, monarque de Golconde. Celui-ci n'avait point de fils qui pût lui succéder, et le bramine du Bengale forma le projet de conduire cet aimable enfant à la cour de son frère; mais il n'exécuta ce dessein qu'après en avoir prévenu le nabas du Bengale, qui ayant plusieurs fils, tous propres à lui succéder, abandonna volontiers au prince son allié et son ami le présent que le fleuve du Gange venait de faire à l'Indostan.

Dans ces climats heureux, où les hommes ne prétendaient à la supériorité que pour assurer la tranquillité de leurs semblables, les royaumes étaient multipliés, et les souverains vivaient tous en paix. L'ambition, ce fléau destructeur, qui, dans des temps malheureux, élève les rois, et les écrase ensuite du poids de leur propre grandeur, ne s'était point emparée des têtes couronnées. Les princes se montraient bons, et les sujets étaient soumis, parce qu'ils ne voyaient dans le chef de la nation, qu'un père attentif qui veillait à tous leurs besoins; un ami, un protecteur, qui n'avait en vue que la prospérité générale : ainsi, les royaumes de Golconde, Bisnagar, Visapour, Madure et Carnate, situés dans la presqu'île occidentale de l'Indostan, ressemblaient à cinq familles, et n'avaient qu'un même esprit, celui de la justice ; un même sentiment, celui d'une amitié vraiment fraternelle.

Quoique le Bengale (1) fût éloigné d'eux, ils n'y entretenaient pas moins des relations commerciales. Les vertus

---

(1) Le royaume du Bengale, en Asie, est un des plus beaux pays de l'Indostan. Il est fertilisé par le Gange qui le traverse, et habit par des Gentons et des Mahométans. Les Anglais en sont aujourd'hui les maîtres.

du bramine, et l'attachement qu'il portait au nabas de Golconde, en étaient les premières bases.

Ah! pourquoi faut-il que l'insatiable cupidité des Hollandais et des Portugais, soit parvenue à détruire entièrement le bonheur qui semblait être l'apanage de ces heureux climats!

Alphonse fut présenté à la cour de Sigisgan, et reçu avec une joie qui lui fit présager qu'un avenir heureux s'ouvrait devant lui.

L'épouse du monarque, la belle et sensible Zénobie, crut voir dans ce jeune enfant l'époux que Brama destinait à sa chère Nirzaël, qui ne comptait encore que son septième printemps.

Sigisgan, qui avait voyagé pendant sa jeunesse, possédait quelque connaissance de la langue espagnole, et comme il avait fait à Alphonse plusieurs questions dans l'idiome indien, auquel ce dernier n'avait pu répondre, il l'interrogea dans la langue qu'il présuma être la sienne, d'après la description que le bramine lui avait faite du costume de l'enfant.

Alphonse se ressouvint de ce que Florestan lui avait dit : *Si le malheur me séparait de toi, promets-moi de ne jamais te faire connaître, à moins que tu n'ayes atteint ta vingt-cinquième année.*

Je suis, dit le fils de dom Carlos, un orphelin, qui a droit à la pitié. Je n'ai plus de parens, plus de patrie; je suis seul au monde. Voilà, ajouta-t-il en montrant Cerbère, l'ami fidèle auquel je dois la vie. Hélas! je ne la regarde comme un bienfait, que depuis l'instant où je suis aux pieds d'un prince dont j'ignore encore le nom; mais dont les traits respectables annoncent la bonté.

Ces paroles furent traduites par Sigisgan à tous ceux qui étaient présens, et le monarque, s'adressant de nouveau au jeune naufragé, l'assura de sa protection particulière, et posant ses mains royales sur la tête de cet aimable enfant, il dit : Au nom de Brama, dieu de ces heureux climats, je promets de veiller au bonheur de celui que le fleuve du Gange a daigné confier aux habitans de l'Indostan, et de lui tenir lieu de père.

Cette promesse du monarque fut répétée par la reine Zénobie, qui voulut elle-même se charger des soins que demandait encore l'enfance d'Alphonse. Voilà, se disait-elle, le fils que le ciel m'envoie ; puisse-t-il devenir la gloire du royaume de Golconde, et, pour récompense de mon amitié, me donner le doux nom de mère, en donnant celui d'épouse à ma chère Nirzaël !

Laissons cette princesse se flatter d'un

espoir consolant, s'appliquer à former le cœur de sa fille à la pratique de toutes les vertus, et voyons quel est le sort du sensible Florestan, tombé au pouvoir des Africains.

CHAPITRE XVII.

Tandis que le criminel Fernando jouissait de la faveur du roi d'Espagne, que lui avait méritée son adroite hypocrisie, toute la famille de dom Carlos était plongée dans la douleur.

Célina, enfermée dans le monastère de la Santa-Maria, tremblait que l'on ne vînt à savoir que son beau-frère y était caché sous le costume d'un jardinier.

Ce malheureux guerrier déplorait la perte irréparable de son épouse, et redoutait d'apprendre aussi celle de son fils et d'un ami généreux qui s'était montré si reconnaissant.

Déjà une année s'était écoulée depuis que Florestan l'avait arraché à la mort, et dom Mathias n'avait reçu aucune nouvelle de Pondicheri. Enfin il en arriva ; mais, hélas ! qu'elles étaient affreuses !

En vain Célina voulut cacher à son beau-frère les nouveaux sujets d'affliction dont elle était accablée. Sa douleur était trop vive, elle ne put la dissimuler, elle fut contrainte d'avouer à dom Carlos que le vaisseau qui avait emporté toutes ses espérances avait péri sans doute en mer, puisqu'il n'était point arrivé à Pondicheri.

Peindre la douleur de ce père infortuné serait impossible. Il tomba malade, et pendant long-temps on désespéra de sa vie. L'excès de ses peines morales avait entièrement détruit ses forces, et sa raison se ressentait aussi de la perte de sa santé. Parfois il se trouvait réduit à un état d'insensibilité qui faisait croire qu'il avait oublié ses malheurs.

La situation de Florestan était presque

aussi horrible. Arrivé au royaume de Mujac, dans la Cafrerie (1), il supporta toutes les rigueurs de l'esclavage, sans qu'un seul rayon d'espérance vînt apporter la plus légère consolation dans son âme.

Le corsaire africain était un de ces êtres cruels par caractère, et qui n'avait jamais éprouvé la moindre émotion à la vue d'un infortuné. Pendant le trajet il maltraita tous ses prisonniers.

---

(1) La Cafrerie, grand pays d'Afrique, dans la partie méridionale, bornée par la Nigritie et l'Abissinie du côté du nord; à l'orient, par une partie de la Guinée, du Congo et la mer; au sud, par le cap de Bonne-Espérance.

On le divise en plusieurs royaumes, presque tous habités par des idolâtres et des mahométans. Mujac est la capitale du royaume de ce nom.

Les peuples qui habitent ces climats sont appelés *Cafres*, mot arabe, qui signifie infidèles.

A peine fut-il arrivé à Mujac qu'il les fit traîner sur la place publique. L'usage de les vendre était établi dans ce pays. Florestan était jeune et fort, et son maître espérait en obtenir un grand prix.

Enfin il fut vendu à Majusko, ministre du souverain de Mujac, et intendant de ses vastes domaines.

Florestan fut d'abord livré aux ouvrages les plus durs. Celui qui l'avait acheté était méchant, et même cruel; et si ses malheureux esclaves n'exécutaïent point à la lettre tout ce qu'il leur ordonnait, il leur faisait donner des coups de bâton sous la plante des pieds.

Il y avait deux années que le sauveur de dom Carlos était à Mujac, et déjà il commençait à entendre assez bien la langue arabe, lorsqu'il se présenta une occasion où il fut à même de prouver la bonté de son cœur.

Un vieillard qui, depuis long-temps, était captif, vint à offenser leur maître commun, et son châtiment pour la faute dont il était accusé consistait à recevoir cinquante coups de bâton sous les pieds.

Majusko choisit six des esclaves les plus jeunes pour cette barbare exécution. Florestan se trouva de ce nombre. Son âme compâtissante fut irritée de cette cruauté; il se jeta aux genoux de son maître, afin de solliciter la grâce du vieillard; et, ne pouvant l'obtenir, il s'offrit de recevoir le châtiment que l'on destinait à un malheureux qui n'aurait pas assez de force pour le supporter.

Cette action sublime de la part de Florestan, et qui peignait si bien la bonté de son cœur, ne demeura pas sans récompense.

Cette scène douloureuse se passait dans une cour du palais du souverain.

Celui-ci, appuyé sur une des croisées de son appartement, fit appeler son ministre, et voulut savoir ce qui donnait lieu à tout ce qu'il voyait.

Majusko suspendit l'exécution de sa vengeance, et rendit un compte exact de la faute du vieil esclave, et de la générosité du second; mais il ajouta que tous deux allaient être punis avec la plus grande sévérité, l'un pour les torts qu'il avait eus, et l'autre pour avoir prétendu le défendre.

Arrête, malheureux! lui dit le prince; comment n'es-tu pas ému, attendri par la sublimité de l'action de ce jeune esclave, qui, pour sauver un vieillard des effets de ta fureur, consent à souffrir la peine que tu lui avais infligée? Éloigne-toi de ma cour, sors de mes états : un ministre tel que toi est capable de faire abhorrer le meilleur souverain.

Ce coup inattendu produisit sur le

ministre la plus forte impression. Cependant il chercha à convaincre son maître que sa puissance serait bientôt menacée si les esclaves pouvaient désobéir impunément.

Je veux que tous m'aiment, et je m'aperçois avec douleur que depuis l'instant où je t'ai élevé à un des premiers postes de l'État, mes sujets même n'ont plus pour moi qu'une crainte servile. La chute des souverains se prépare quand les peuples se persuadent qu'ils ne méritent plus d'être aimés.

Depuis quinze années je rends heureux le peuple de mon royaume; je veux aussi l'être de son attachement et de sa reconnaissance.

Toutes les représentations de Majusko devinrent inutiles. Il se vit forcé de quitter la ville, et, peu de temps après, le royaume de Mujac, où bientôt on divulgua tous les actes de tyrannie qu'il avait exercés depuis qu'il était en place.

Tant qu'un favori jouit de la confiance du souverain, on n'ose l'attaquer; mais vient-il à démériter, tous ceux que sa puissance a accablés lèvent hardiment la tête, et de victimes qu'ils étaient, ils deviennent accusateurs, et perdent sans pitié celui qui les a écrasés du poids énorme de son injuste puissance.

Aliassin-Ivan, monarque du pays, réunissait à la valeur d'un grand prince les vertus qui caractérisent un bon père; et quoique les Mahométans soient presque tous despotes, lorsqu'ils peuvent le devenir, celui-ci faisait une exception à la règle. Le bonheur de ses sujets était sa première étude; jamais ils n'avaient eu lieu de se plaindre de lui que depuis le jour où, séduit par le feint attachement de Majusko, il lui avait abandonné une certaine autorité. Mais combien cet excellent monarque en ressentit de regrets, lorsqu'on lui fit connaître que son ministre n'avait employé la plus grande partie de la faveur dont il jouissait qu'à vexer les fidèles habitans de son royaume ! Il fit serment par Mahomet de tout voir par lui-même, et de n'accorder sa confiance à qui que ce fût, sans être bien certain que celui qu'il voudrait en honorer, s'en trouverait parfaitement digne.

Dès le jour où il avait été témoin de la sensibilité de Florestan, il l'avait fait venir et s'était exprimé ainsi :

Jeune homme, je suis content de toi ; cette action généreuse t'honore infiniment, et me prouve que tu n'es point fait pour l'esclavage : dès ce moment tu es libre.

J'ignore si ta naissance est distinguée : c'est l'effet du hasard ; et quand cela serait, je ne t'en estimerais pas davantage. C'est ton humanité, ton courage que j'honore, et je crois que le divin prophète m'a donné une preuve de sa bonté en te conduisant à ma cour, où tu peux rester autant que tu le voudras.

Si tu veux retourner dans ta patrie, hâte-toi de me la faire connaître ; je prendrai tous les moyens qui seront en mon pouvoir, afin de t'y faire rentrer. Si tu as encore un père, une mère ou une amante, je les plains bien sincèrement.

Florestan s'inclina avec respect, et fit au souverain un récit des événemens dont il avait été la victime depuis son départ d'Amsterdam. Il ne put s'empêcher de verser un torrent de larmes en parlant de la fin malheureuse du fils de dom Carlos, dont il eut la prudence de taire le nom de famille, de même que le sien. Hélas ! il ne pouvait présumer que la divine Providence avait daigné faire un miracle en faveur de ce jeune infortuné.

Le monarque fut attendri par le récit du généreux Florestan, et lui promit de saisir la première occasion qui se présenterait pour le rendre à sa patrie. Il fallait qu'un vaisseau mît à la voile, et cela semblait difficile pour le moment ; car la mer était couverte de vaisseaux portugais qui voulaient s'emparer du cap de Bonne-Espérance (1), et menaçaient aussi de subjuguer la Cafrerie,

---

(1) Le cap de Bonne-Espérance, à l'extrémité méridionale de l'Afrique, fut découvert par les Portugais en 1486. Les Hollandais s'y établirent en 1650; ils y bâtirent un fort Les Anglais et les autres nations qui y abordent, sont obligés de leur payer un droit d'ancrage. Il y a environ trente lieues de pays habité par les Hollandais, des Espagnols et des Français. Ce lieu est des plus fertiles.

Il y a dans le fort un magnifique hôpital pour les marins.

et particulièrement les royaumes de Mujac et d'Ausico, les plus voisins du cap et du Congo, dont les Hollandais avaient déjà tenté inutilement la conquête (1). Mais l'escadre portugaise était considérable, on courait le danger d'être pris. Ainsi, on résolut de ne point s'exposer.

Florestan, comblé des bontés d'Aliassin-Ivan, se vit donc contraint de ne point retourner dans sa patrie, et dans l'impossibilité d'en recevoir aucune nouvelle.

Sans cesse il déplorait la perte d'Al-

---

(1) Le Congo, vaste pays d'Afrique, est habité en grande partie par des noirs, qui sont affables envers les Européens. Ils ont beaucoup d'activité pour le commerce, qui consiste en ivoire, café et tamarin. Les Portugais y ont été très-puissans; mais ils en ont été chassés par les naturels du pays. Ils n'y ont plus qu'une mission composée de capucins, qui forment la congrégation de la Propagande.

phonse; il tremblait pour les jours de dom Carlos, pour ceux de Célina.

Grand Dieu ! quel eût été son désespoir, s'il eût connu toute l'horreur de la situation de celle qu'il adorait !

Le monarque généreux qui avait brisé ses fers, et qui le comblait d'amitiés, sentit bientôt tout le prix du trésor qu'il possédait à sa cour.

Après avoir acquis la preuve de ses talens, il le força à remplir la place dont il avait privé Majusko.

Florestan, lui dit-il, je n'exige point, pour te rendre dans mon royaume l'organe de ma volonté, que tu couvres ta tête d'un turban, ni que tu changes ta manière d'adorer Dieu. Loin de moi la fatale pensée de l'intolérance; elle ne fait que des malheureux. Je veux que la plus grande liberté de conscience règne dans mes états; j'y ai, comme tu le vois, des peuples de plusieurs pays. Ils ont réclamé ma protection, vivent d l'abri des lois établies par Ivan, mon aïeul; lois sages, qui mettent une parfaite égalité parmi les citoyens, dont un souverain doit être regardé comme le premier : mais je suis incapable de profiter de l'ascendant que ce titre et leur amitié pourraient me donner sur eux.

Tout homme qui se soumet aux institutions reçues dans la patrie qu'il a choisie pour sa résidence, a droit à la protection spéciale du gouvernement. D'après ces principes, trouvant mes sujets égaux devant mon trône, je pense qu'ils le sont aussi devant l'Eternel qui lit dans tous les cœurs, dont il juge mieux que nous la sincérité.

Il y avait à Mujac des gens de plusieurs nations, qui presque tous se trouvaient heureux, en raison de la liberté dont ils jouissaient, et qui par leur industrie avaient augmenté la richesse du pays hospitalier qui les avait reçus.

Les uns devaient leur séjour dans ce

royaume, soit à des naufrages près des côtes, soit à leur propre volonté; d'autres, à la piraterie des corsaires africains, qui faisaient souvent des prisonniers en mer; mais ceux que des liens de famille ne rappelaient pas dans leur patrie, restaient sans murmurer contre le sort. Plusieurs même le bénissaient, et redisaient souvent : *La patrie est aux lieux où nous sommes heureux.*

C'était par la bonté, par la douceur que le souverain de Mujac avait su fixer dans son royaume des hommes civilisés, qui avaient aussi civilisé une grande partie des naturels du pays, et donné quelques notions de la culture, des arts et des sciences connus dans les lieux qui les avaient vus naître.

Voilà donc Florestan qui se trouve, d'esclave qu'il avait été, élevé tout-à-coup au faîte des honneurs. Il les devait à l'action généreuse dont le monarque avait été le témoin. Ils étaient le prix de son humanité.

Depuis que ce noble jeune homme était arrivé à l'âge où l'on sent le prix des bienfaits, il avait mis son bonheur et sa principale étude à témoigner à ceux qui l'en avaient comblé, et son attachement et sa reconnaissance; il s'était exposé à tous les dangers, à tous les périls. Hélas! son zèle n'avait pu préserver des coups du sort tous ceux qui lui étaient chers; mais s'il n'avait pu réussir, si son cœur souffrait, il n'avait aucun reproche à se faire, et quand on peut jouir en paix du témoignage de sa conscience, on n'est pas tout-à-fait malheureux.

Ainsi Florestan supporta avec résignation la douleur que lui faisait ressentir la perte de l'aimable et doux Alphonse; et sans cesse occupé de Célina, il ne perdait point l'espoir de la revoir un jour. Il pensait que le monastère de la Santa-Maria serait un asile impénétrable à la perfidie du comte Fernando ; mais, hélas ! quel lieu sacré peut dérober une victime à la fureur d'un scélérat puissant qui sait éclairer les réduits les plus obscurs par les torches de la barbare Inquisition ?

CHAPITRE XVIII.

Lorsque dom Carlos eut recouvré la santé, par les soins de Célina, qui ne l'avait pas quitté durant toute sa maladie, il sentit qu'il ne pouvait rester plus long-temps dans la communauté.

Les soins que Célina, nièce de l'abbesse, et seulement pensionnaire dans la sainte maison, avait prodigués au prétendu jardinier, étaient le sujet de toutes les conversations des religieuses, et firent bientôt naître des soupçons peu charitables contre la sœur de l'infortuné dom Carlos.

C'est une chose inconcevable, disait un soir la mère Sainte-Anne, que la pitié, l'attendrissement de la senora Célina ! Quoi ! un homme de peine, un simple jardinier est depuis plus de six mois le constant objet de ses veilles ! Croyez-moi, ma chère amie (elle s'adressait à une jeune novice), il y a ici quelque intrigue d'amour. Cet Ambroise n'est point ce qu'il paraît être. J'ai des yeux, et depuis que cet homme, qui est sans doute un grand de Portugal, est entré dans les jardins de ce couvent, l'enfer, ou pour mieux dire encore, l'amour est entré dans l'asile des vierges du Seigneur. Je suis indignée de tout ce qui se passe ici. Ah ! si toutes nos sœurs pensaient comme moi, bientôt l'abbesse serait dénoncée au Saint-Office, et la religion et l'honneur seraient vengés complètement.

Ce discours perfide, cette odieuse calomnie ne produisirent aucun effet sur l'âme de la jeune novice. Elle respectait trop le chef de la communauté pour le croire coupable. Célina lui avait témoigné une grande amitié ; elle ne voulut jamais consentir à l'outrager en soupçonnant sa vertu. Elle prit la résolution de recueillir tous les propos que pourrait tenir la mère Sainte-Anne, et de les rendre fidèlement à Célina; mais avant de parler, elle prévint la vieille religieuse qu'elle se rendait bien coupable en accusant des personnes dignes de son respect. Oui, lui dit-elle, je vous l'avoue franchement; si un acte de piété mal entendu venait à vous porter à quelque méchanceté, je saurais déjouer vos projets : je vous le jure par tout ce qu'il y a de plus auguste dans notre religion.

La mère Sainte-Anne, voyant qu'elle ne pouvait trouver une complice pour appuyer son odieuse calomnie, parut céder. Vous avez raison, ma sœur, dit-elle; c'est une inspiration de satan qui m'a portée à vous parler comme je viens de le faire. J'en demande pardon au ciel, ainsi qu'à vous, que j'ai scandalisée par ma coupable indiscrétion.

La jeune novice ajouta foi aux paroles de la perfide religieuse, et ne prévint point Célina.

Les âmes honnêtes sont toujours dupes de l'hypocrisie. Celui qui ne peut s'arrêter à la pensée d'une mauvaise action ne peut se persuader qu'un autre soit capable d'en commettre. Voilà pourquoi les méchans font si facilement des victimes.

La convalescence de dom Carlos fut des plus longues. Sa maladie avait duré pendant les six mois d'hiver. Son rétablissement en dura presque autant.

Célina, à qui il le devait, ne le quittait point. Dans les premiers jours où il commença à sortir de sa chambre, on la voyait soutenir sa marche chancelante. Elle était pour lui comme une seconde Providence.

Un soir qu'il faisait une chaleur accablante, elle le fit asseoir dans un des bosquets du jardin. Là se croyant seule avec lui, elle le consolait sur la perte d'Alphonse. Mon ami, lui disait-elle, nous devons nous résigner. Le ciel nous avait donné cet aimable enfant; il nous l'a repris sans doute : que son saint nom soit béni ! Cependant ne désespérons point encore.

Eh! quel espoir veux-tu qu'il me reste, ô ma Célina! les hommes et les élémens se sont ligués contre moi ; et la mer a englouti le dernier objet qui m'attachait encore à la vie. Ah! pardonne, ma bien aimée, ajouta-t-il, pardonne, si je puis oublier un moment que tu es pour moi la plus tendre des amies, que pour me prodiguer tes soins, tu restes dans ce monastère. Ah! je dois l'avouer, tant que battra le cœur du prétendu Ambroise, il ne cessera d'aimer Célina.

La sœur de dom Carlos allait lui répondre, lorsque son oreille fut frappée par le son des paroles de deux personnes qui semblaient être fort animées; elle écouta avec attention, et put distinguer ce qu'on disait.

Rien n'est curieux comme une vieille religieuse, surtout quand elle est méchante par nature, et médisante par fanatisme.

La mère Sainte-Anne, la gazette ambulante de la communauté, nourrissant toujours dans son âme, peu chrétienne, le désir de faire du mal, n'avait point renoncé à la coupable pensée de perdre l'abbesse, dont elle convoitait la dignité. Pour arriver à ce but, l'occasion lui paraissait favorable; et, depuis la conversation qu'elle avait eue avec la jeune novice, elle épiait toutes les circonstances qui pouvaient lui offrir une chance avantageuse, suivait les pas de

Célina, et se présentait souvent pour rendre des services au bon Ambroise. C'était ainsi qu'elle qualifiait le faux jardinier.

Célina la remerciait, ne voulant point, disait-elle, que d'autres se fatiguassent auprès de son malade.

Ce refus plusieurs fois réitéré, mais toujours avec grâce et reconnaissance, était bien capable d'augmenter les soupçons de la religieuse.

Le soir où Célina conduisit son frère dans le jardin, la mère Sainte-Anne était à la fenêtre de sa cellule.

Elle voit le malade et sa conductrice, qui s'asseyent sous le berceau, elle abandonne l'asile où depuis longtemps elle méditait la ruine de son ennemie, descend un escalier qui mène à une terrasse, la traverse, sans penser qu'elle avait été aperçue, se glisse dans une allée couverte d'arbres, et arrive à pas de loup derrière la charmille qui entourait le bosquet.

Elle se blottit doucement, écoute, et entend tout ce que disent dom Carlos et Célina.

Plus de doute, se dit-elle, la maison de Dieu est devenue l'asile du crime, j'en sais assez, il faut agir, et si personne ne veut me seconder, j'écrirai seule au grand inquisiteur.

La jeune novice, qui l'avait suivie de loin, s'approcha d'elle, sans savoir que Célina et le jardinier fussent en ce moment les objets de son espionnage.

Eh bien! notre mère, que faites-vous donc ici? il est déjà tard : j'étais inquiète de vous; car j'ai remarqué que vous n'étiez pas dans votre cellule, dont la porte est restée ouverte. Seriez-vous trop fatiguée pour remonter dans le cloître? appuyez-vous sur mon bras.... Paix! paix donc! Ils sont là; vous venez mal à propos, lui répond la mère Sainte-Anne. Oh! bien malheureusement. — Que prétendez vous me faire entendre? — Qu'ils sont là, vous dis-je. Ah! j'avais tort, suivant vos discours. — Je ne vous comprends point; de qui parlez-vous? — De nos amans, du jardinier Ambroise et de Célina. Dieu tout-puissant! c'est une horreur, j'ai tout appris. Ils ont un enfant dont ils déplorent la perte; mais après avoir gémi sur le sort de cet infortuné, celui qui nous a toutes trompées, a juré à la coupable sœur de l'abbesse, que tant qu'il vivrait, son cœur battrait pour elle.

Et voilà, continua-t-elle, des êtres dont vous preniez la défense! mais tout est maintenant éclairci. Je n'ai plus de doute. Il faut agir. Demain je fais assembler tout le chapitre; je déclare ce que je viens d'entendre, et sur-le-champ les coupables subiront la peine due à leur sacrilége conduite.

Vous avez raison, répond la novice; mais comme l'abbesse est malade, et qu'elle ne sera point, en conséquence, en état de se trouver à l'assemblée, vous ne pourrez rien; aucune des saintes mères ne voudra manquer aux règles de la communauté, qui défend expressément de se réunir sans l'autorisation du chef.

C'est aujourd'hui lundi; attendez jusqu'à jeudi, jour marqué pour tenir le chapitre; pendant ce court intervalle, nous acquerrerons peut-être, vous et moi, des preuves plus convaincantes; alors notre dénonciation étant mieux fondée, nous assurera une réussite complète.

L'avis de la novice fut trouvé bon, et toutes deux retournèrent à leur cellule, la vieille en se félicitant de sa prétendue découverte, et la jeune en cherchant les moyens de prévenir Célina et celui qu'elle présumait être son amant, qu'ils eussent à fuir promptement du monastère.

Les infortunés, disait-elle, je les blâme, et je les plains tout à-la-fois : peut-être que des parens cruels les poursuivent, et qu'ils ont voulu les séparer. Hélas ! je connais les peines de l'amour ; j'en suis une triste victime, et mon âme sensible ne peut que vouloir les préserver d'un malheur qui n'est pas éloigné de tomber sur eux.

La vierge du Seigneur était fille d'un riche Portugais, qui, pour assurer des titres et un héritage immense à son fils, avait résolu de la forcer à faire des vœux, et l'avait empêchée d'épouser un seigneur espagnol, nommé Lorédo, dont elle était tendrement aimée, et qu'elle payait du plus juste retour,

Ainsi l'on ne doit pas s'étonner de l'intérêt que lui inspirait Célina.

Pour compâtir aux tourmens que cause un amour malheureux, il faut les avoir éprouvés soi-même. La bonne novice ne passait pas de jour sans verser des larmes, et le souvenir de son amant était toujours présent à son imagination. Ah! dit-elle, si comme Célina je ne puis lui consacrer mon existence, si je dois pleurer éternellement, je veux du moins empêcher que la méchanceté de la mère Sainte-Anne ne cause la perte de ceux qui se croyent encore en sûreté dans le monastère.

Pour exécuter le généreux dessein qu'elle avait formé, elle se rendit dans le jardin à la pointe du jour, et alla jusqu'à l'habitation du faux Ambroise; il ne dormait point, elle lui remit une lettre. Tenez, lui dit-elle, remettez ceci à la senora Célina : dites-lui bien, que la sœur Cécile l'attend ce matin, pour déjeûner dans sa cellule; qu'elle a des choses importantes à lui communiquer. Adieu, Ambroise, ajouta-t-elle, vous inspirez le plus touchant intérêt à toutes les âmes sensibles, et la démarche que je fais à l'insu de la communauté vous en est une preuve certaine. Elle sortit précipitamment et retourna chez elle, tandis que les religieuses dormaient encore profondément.

Célina alla porter à déjeûner à son beau-frère, lut le billet déposé par la novice, et fut exacte au rendez-vous qu'elle lui avait assigné.

Senora, lui dit l'aimable Portugaise, on forme contre vous, dans cette maison, un complot qui vous perdra infailliblement, ainsi que le jardinier.... Je vous vois frémir, chère Célina! je partage vos peines. Ne croyez point que je sois guidée par un motif de curiosité; ce vice est celui des âmes basses et méchantes ; mais si le pèrc Ambroise n'est point ce qu'il paraît ètre, ah! fuyez l'un ct l'autre, dérobez vous promptement au pouvoir de l'Inquisition.

Elle fit connaître à la sœur de dom Carlos les projets qu'avait formés la mère Saint-Anne, et ajouta : Si les soupçons de cette femme sont faux, vous pouvez la confondre facilement ; mais si ce que je pense est véritable, ah! frémissez des coups qui vous seront portés. Une fois tombés au pouvoir du Saint-Office, il n'est plus de giâce à espérer pour vous.

Les sombres cachots de l'Inquisition n'ont jamais été accessibles à la pitié, et lorsqu'on tire de ces lieux de douleur les victimes dévouées au supplice, on les conduit devant des juges impitoyables, dont les cœurs, recouverts d'une triple cuirasse d'airain, n'ont jamais palpité en faveur d'un malheureux! Hélas! à l'instant même où je vous parle, l'ami, l'amant, l'époux que mon cœur et ma mère m'avaient choisi, gémit dans ces lieux redoutables, où mon père l'a fait précipiter. Ah! craignez qu'un sort pareil ne vous soit bientôt réservé.

Célina se vit bientôt obligée d'avouer à la jeune novice que le prétendu jardinier était son frère, qu'une condamnation injuste proscrivait sa tête, et que son séjour au monastère de la Santa-Maria avait pu seul le sauver de la fureur d'un barbare ennemi, qui avait juré sa mort.

Pendant le cours de la journée, Célina prévint l'abesse. On prépara tout ce qui était nécessaire pour le départ de dom Carlos, qui devait avoir lieu la nuit suivante. Son costume fut celui d'un pèlerin. C'était sous cette qualité qu'il espérait gagner la Hollande, et se réfugier dans quelque habitation isolée, y vivre en anachorète, loin d'un monde où il avait été si long-temps comblé de richesses, d'honneurs, de véritable gloire, et d'où il était maintenant proscrit.

Sa sortie du couvent s'exécuta dans le plus grand secret, et le lendemain on annonça que le jardinier était parti pour la campagne, afin d'y rétablir entièrement sa santé.

Célina en parla elle-même à la mère Sainte-Anne, espérant détruire par-là les impressions défavorables que celle-ci avait reçues.

Ah! ah! dit la vieille, Ambroise n'est plus au couvent. Mais il y reviendra sans doute. — Je ne le crois point, répond Célina, il n'est pas assez fort pour les travaux du jardinage. — On ne m'abuse point, reprend la religieuse; grâce au ciel j'ai des yeux. J'ai surveillé l'intrigue scandaleuse. J'ai vu vos soins, j'ai entendu vos tendres discours, je n'ai qu'un regret, c'est celui de n'avoir pas été instruite plutôt. — Qu'osez vous soupçonner? — Ah! je n'ai plus de soupçons. Ce sont maintenant des certitudes, et au nom de toutes nos saintes mères, j'ai porté ma plainte, et j'espère qu'elle sera entendue, et qu'on ne souffrira plus dorénavant, que le crime fixe son séjour dans l'asile où se réfugie la vertu. —

Femme indigne, lui dit Célina, vous avez osé me dénoncer! — Je l'ai dû. — Eh bien! les victimes que vous n'avez pas craint de signaler à la vengeance du tribunal, sont une tante, une sœur, qui depuis deux ans ont soustrait à la mort l'infortuné dom Carlos....

Ah! mon Dieu, que me dites-vous? Quoi! c'était votre frère. Tout est perdu! Que je suis malheureuse! — Dites donc criminelle. Vos odieuses dénonciations vont perdre l'abbesse et moi; et le plus noble des guerriers, que l'on croyait mort sans doute depuis long-temps, va être poursuivi de nouveau. Ah! s'il retombe au pouvoir de ses ennemis, sa tête roulera sur un échafaud, et vous pourrez dire : Voila mon ouvrage.

Cette terrible vérité fit frémir un moment la religieuse; mais l'espoir de posséder bientôt la place du chef de la communauté, étouffa ses remords. Elle ne dit plus que ce peu de mots à Célina : *Ce qui est écrit, est écrit.* Vous tâcherez de vous justifier, lorsque vous serez devant les juges; mais si l'on m'avais mise dans la confidence, on aurait évité bien des malheurs.

En prononçant ces paroles, elle quitta Célina, qui alla rendre compte à sa tante de tout ce qu'elle venait d'apprendre.

Sors de ce monastère, ma chère nièce, lui dit cette dernière, va te confier à l'amitié, à la discrétion de l'épouse de dom Mathias; car d'un moment à l'autre, les portes de cette maison seront assiégées par les agens de l'inquisition, et l'on va m'imputer à crime une action que commandait l'humanité. Lorsque tu seras en sûreté, je n'éprouverai plus de crainte. On doit mourir en paix, quand on peut dire : j'ai fait une chose louable et juste, puisque j'ai sauvé un malheureux. J'espère que dom Carlos n'est déjà plus en danger.

Ah! ma tante, pouvez-vous penser que Célina serait capable de vous abandonner dans ce terrible moment? Non, je partagerai votre sort; je m'accuserai moi-même de vous avoir trompée, d'avoir introduit dom Carlos à votre insu..... Arrêtez, ma fille, ne ternissons point une cause si belle par un mensonge. Je ne veux, je ne dois employer pour ma justification et la vôtre, que le langage auguste de la vérité, et si je suis condamnée pour avoir écouté la voix touchante de la pitié, j'entendrai mon arrêt sans pâlir, tandis que mes juges trembleront en le prononçant. Vous allez sur-le-champ quitter le cloître, je le veux, je l'exige au nom de l'amitié.

Pour la première fois Célina promit à sa tante de ne lui pas obéir. Hélas! quand la frayeur eût pu la déterminer, il lui eût été impossible de le faire. La mère Sainte-Anne avait mis trop d'activité dans sa vengeance, pour que toutes ses victimes pussent lui échapper. Elle n'avait qu'un regret; c'était celui de savoir que dom Carlos était peut-être déjà bien loin de Lisbonne.

Femme cruelle, tu n'as donc jamais connu de parens, tu n'as donc point aimé, puisque tu ne peux pardonner à l'abbesse d'avoir voulu sauver son neveu! Ah! l'infraction qu'elle a commise en introduisant dom Carlos dans le cloître, honore l'humanité. Ton infâme délation, que tu couvres maintenant du voile des bonnes mœurs, n'est que le résultat de ton ambition.

La mère Sainte-Anne voyant qu'elle ne pouvait convoquer publiquement le chapitre, comme elle en avait eu l'intention, réunit dans sa cellule toutes les vieilles mères, et là, bien charitablement elle exposa les griefs dont elle croyait que l'abbesse s'était rendue coupable, et présenta une lettre où ils étaient consignés, et sur laquelle elle voulait faire apposer plusieurs signatures.

Mon dieu ! mère Sainte-Anne, dit une de celles qu'elle avait appelées chez elle, je crois ce que vous nous dites là ; mais je vous blâme d'agir comme vous le faites, et ne puis placer mon nom sur le papier que vous présentez : d'ailleurs, pourquoi causer un scandale public? Allons trouver celle que nous accusons, parlons-lui avec franchise, peut-être a-t elle été trompée par sa nièce, que je crois la seule coupable. Elle la fera sortir de la maison, ainsi que le faux Ambroise, et nous n'aurons pas le malheur de perdre une digne abbesse, et celui de déshonorer le monastère de la Santa-Maria.

Toute l'éloquence de la mère Ursule devint inutile; le fatal écrit fut revêtu des noms d'une douzaine d'octogénaires, et la tourrière du dehors fut chargée d'aller le mettre dans la boîte fatale, qui était à la porte du redoutable tribunal de l'Inquisition.

Le jeudi soir arriva, et Célina, seule avec sa tante, attendit en silence que l'ordre du tribunal vînt l'enlever à un asile qui l'avait dérobée aux poursuites du comte Fernando. Enfin minuit venait de sonner à l'horloge du couvent, lorsque l'on frappa à la porte à coups redoublés ; ce bruit fit tressaillir de joie toutes les vieilles religieuses et trembler les jeunes. Celles-ci se lèvent en toute hâte, et, telles que de timides colombes que poursuit un épervier, elles descendent les escaliers, parcourent les cloîtres, et se rendent au chœur, croyant y trouver un abri contre la perversité des assiégeans.

La novice qui avait prévenu Célina, montra seule du courage. La tourrière ne pouvant se résoudre à ouvrir, elle prend les clés de la porte conventuelle (car elle sentait bien qu'une résistance serait plus dangereuse qu'utile), et les cavaliers entrèrent.

On présenta à la novice l'ordre émané du Saint-Office, qui enjoignait à la supérieure, ainsi qu'à sa nièce, de se présenter au parloir extérieur.

Ce fut en vain que Cécile se jeta aux

genoux du commandant et des cavaliers; la touchante novice ne put les attendrir.

Eh! bien, leur dit-elle, puisque rien ne peut vous fléchir, et que le tribunal a ordonné l'arrestation de notre vertueuse abbesse et celle de sa nièce, je vais les prévenir; mais je vous atteste que je dois partager leur captivité, et que je préfère vivre avec elle dans les prisons inquisitoriales, plutôt que de rester dans un monastère composé, pour la moitié au moins, de femmes vindicatives et cruelles, qui déshonorent la sainteté de la religion qu'elles ont l'air de professer.

Elles ont accusé sans preuve, et donné comme une intrigue scandaleuse une action commandée par l'honneur. Apprenez que ce n'était point un amant qui était ici sous le nom d'Ambroise, mais le noble et trop infortuné dom Carlos.

Dom Carlos! dit l'officier, celui dont

la tête est mise à un si haut prix par le comte Fernando ! Il faut qu'il nous soit livré sur-le-champ. — Il n'est plus dans le monastère, répond la novice. Depuis trois jours il a quitté cet asile, et vous devez perdre à jamais l'espoir de vous emparer de lui. Maintenant, ajouta-t elle, je vais chercher celles que vous avez ordre d'arrêter, et je me plais encore à penser que vous ne serez pas assez cruels pour vous opposer à la résolution que j'ai prise de suivre, de ne pas abandonner la plus vertueuse comme la plus aimée des supérieures.

Elle alla de suite au-devant de celles dont elle prenait si vivement la défense, et fit serment de ne point se séparer d'elles.

L'infortunée Célina et sa tante eurent à supporter les risées insolentes des femmes qui les avaient dénoncées, et le douloureux spectacle des larmes des autres habitantes de la communauté, qui regrettaient dans l'abbesse une mère, une amie, et un modèle de toutes les vertus chrétiennes.

Voilà ce que produisit, dans le couvent de la Santa-Maria l'esprit peu charitable d'une religieuse jalouse et ambitieuse.

Tous ces malheurs ne fussent point arrivés si la mère Sainte-Anne s'était adressée directement à l'abbesse. Elle se serait convaincue qu'il s'agissait d'arracher à l'échafaud un homme vertueux, que la calomnie la plus horrible y avait fait condamner.

La sensible novice sortit volontairement du monastère, suivit tranquillement Célina, ranima son courage, ainsi que celui de l'abbesse, et supplia le geôlier de ne point les séparer. Cet honnête homme, à qui la pitié n'était point étrangère, céda à la demande des vierges du Seigneur, parut s'attendrir sur leur sort, et les fit entrer toutes trois dans une salle assez vaste, où elles attendirent le jour.

On ne sera point surpris de la conduite du gardien, quand on saura que c'était le bon, le généreux Andréa, le même qui avait adouci les malheurs de Thérésia, ceux de dom Sanche et de Florestan, deux années auparavant, et qui, par suite, les avait rendus tous les trois à la liberté.

La Providence avait permis qu'il ne fût point inquiété pour cette bonne action. On doit se rappeler que l'arrivée d'un nouveau gouverneur avait eu lieu à cette époque, et qu'Andréa, qui avait ses vues, n'avait point déclaré les prisonniers de la salle basse.

Quelques jours après la sortie de ceux-ci, il en vint d'autres, à qui il donna le même logement; mais ces infortunés y restèrent peu de temps. Plusieurs ensuite y demeurèrent successivement, et l'on perdit le souvenir des êtres pour lesquels Andréa s'était montré si généreux.

Plusieurs mois se passèrent sans que l'abbesse fût interrogée. Célina, sa nièce et l'aimable novice étaient traitées avec douceur; le concierge leur laissait autant de liberté qu'il le pouvait.

Un matin Célina, parcourant la salle, vit son nom écrit sur le mur, et son chiffre reuni à celui de Florestan. Son cœur palpita; elle se souvint alors que son amant lui avait parlé d'une salle où il était prisonnier avec dom Sanche. Plus de doute, dit-elle, j'habite la même prison qu'habitait Florestan. L'homme compâtissant qui prend soin de nous est sans doute le sensible Andréa dont il m'a parlé.

Dès que le concierge vint leur apporter la nourriture de la journée, elle lui fit plusieurs questions, auxquelles d'abord il craignit de répondre; mais lorsqu'elle lui eut appris qu'elle était cette senora Célina, l'amante de Florestan, celle qui avait reçu tant de preuves de son zèle, par des lettres que lui apportait un commissionnaire envoyé par lui au couvent de la Santa Maria, il n'eut plus aucune inquiétude. Mais, hélas! combien il ressentit de douleur, quand il sut que l'on ignorait ce qu'était devenu le jeune prisonnier!

Célina lui témoigna sa reconnaissance, et le conjura d'accepter une simple bague qu'elle portait à son doigt.

Hélas! lui dit l'honnête concierge, que ne puis-je faire pour vous ce que j'ai eu le bonheur de faire pour lui! demain vous ne seriez plus ici; mais par malheur je n'ai d'autre mérite que celui de la bonne volonté.

Il fit à Célina l'éloge de Florestan.

Ah ! lui dit-il, senora, il n'est pas de femme au monde qui soit plus aimée que vous l'êtes par ce vertueux jeune homme. Espérons que le ciel vous l'aura conservé, et qu'en sortant d'ici vous pourrez encore être heureuse.

Le bon Andréa le désirait; mais, hélas ! il ne l'espérait guères.

Il avait entendu parler des motifs de l'arrestation de ces prisonniers ; on les accusait de profanation, d'impiété, et devant les juges du terrible tribunal, ces crimes ne trouvaient point de grâce.

Il ne les croyait point coupables ; mais il périssait chaque jour tant de malheureux, qu'il tremblait pour les nouvelles victimes du fanatisme et de l'ambition, que le sort lui avait envoyées.

Les femmes qui avaient dénoncé l'abbesse ne furent pas ménagées dans cette circonstance, et la coupable mère Sainte-Anne ne recueillit point le prix qu'elle attendait.

Le tribunal obtint de l'évêque de Lisbonne un réquisitoire pour avoir le droit de visiter la communauté où l'on pensait que dom Carlos était caché; mais avant d'y faire arriver la force armée, on en fit sortir toutes les religieuses, qui furent conduites processionnellement dans un monastère de Carmelites, situé à une lieue de la ville; et la mère Sainte-Anne, qui se croyait déjà abbesse, fut réduite à la classe des simples religieuses, et méprisée généralement. On la regardait, dans son nouveau domicile, comme un monstre dont tout le monde devait redouter la perfidie. Peu de jours après celui de son entrée aux Carmelites, elle tomba malade et mourut accablée de remords, ne laissant qu'une mémoire abhorrée.

Ce fut en vain qu'on fit des perquisitions dans le couvent, puisque trois jours auparavant dom Carlos en était parti.

Le ciel avait heureusement protégé sa fuite; et déjà une retraite éloignée le dérobait aux poursuites de ses ennemis.

Arrivé en Hollande, il fixa sa résidence dans une vallée entourée d'une chaîne de montagnes.

Là il se choisit une habitation simple, mais commode et agréable, où il vécut ignoré pendant plusieurs années, sous le nom du solitaire Urbain, édifiant par sa piété tous les gens qui demeuraient dans la vallée, et attendant du ciel le terme de ses longues infortunes, c'est-à-dire la fin de sa déplorable existence. Il eût pu en terminer le cours; mais lorsque l'excès de son désespoir le portait à prendre une arme meurtrière, la religion arrêtait son bras.

Insensé que je suis, se disait-il, que vais-je faire? Eh! quoi! je n'aurais pas le courage de supporter mes peines! L'homme de bien, celui à qui sa conscience ne fait aucun reproche, doit avoir la force de vivre. Un lâche seul se détruit.

Si la religion lui donnait ces sages pensées, un autre objet encore soutenait son courage ; son fils pouvait exister. La Providence, qui souvent renverse les probabilités les plus fortes, pouvait, par un de ses miracles, lui rendre la moitié du trésor qu'il avait perdu.

Oui, répétait-il souvent, ce n'est que sous la tombe que s'engloutit à jamais l'espérance ; je l'ai vue se refermer sur mon épouse ; mais rien ne m'assure que mon Alphonse ait péri. O mon Dieu, ajoutait ce malheureux, que je puisse embrasser mon fils, avant de mourir, et je bénirai ma destinée ! Hélas ! il allait s'écouler bien du temps avant celui qui devait lui procurer quelque consolation.

CHAPITRE XIX.

Tandis que dom Carlos dans son ermitage déplorait ses malheurs; que Célina, l'abbesse de la Santa-Maria et la jeune novice, attendaient avec résignation que le tribunal du Saint-Office décidât de leur sort, Forestan était à la cour d'Aliassin-Ivan, dont il faisait journellement l'admiration.

Le noble souverain de Mujac connaissait tout le mérite de celui qu'il avait associé à ses travaux.

Ce prince, jeune encore, puisqu'il ne comptait que trente-six ans, était adoré de ses sujets. Tous les cœurs volaient au-devant de lui. Aliassin avait la taille élevée; une contenance guerrière, qui sied si bien à un prince, donnait à sa démarche un air imposant.

Les avantages de la figure étaient la moindre faveur qu'il devait à la nature. Son esprit était juste et pénétrant; son caractère franc et généreux, ses discours insinuans et persuasifs.

Libéral et même magnifique, les biens de son royaume ne semblaient être dans ses mains, que pour les verser sur ceux dont l'indigence réclamait ses largesses. Il excitait à la vertu par ses bienfaits, et surtout par son exemple et sa douceur. Ah! pourquoi faut-il qu'un tel souverain ne trouve pas un grand nombre d'imitateurs! ils entretiendraient sur la terre l'harmonie et le parfait bonheur.

Ah! pour que les peuples soient fidèles, il faut que les princes soient justes. Car, qui peut imposer un joug honteux, n'est pas digne de gouverner, et ne sait-on pas que quand un sceptre de fer se brise, ses éclats vont souvent frapper les têtes couronnées. Oui, celui qui n'inspire que la crainte n'est pas digne de commander à des hommes.

Aliassin répétait sans cesse et mettait en pratique les sages maximes qu'avait suivies son père.

« Mon fils, lui avait-il dit, il faut qu'un roi soit instruit, ferme, courageux, et surtout aimé; qu'il protége le mérite, qu'il le cherche partout, afin de le récompenser.

« Son premier devoir est de régner sur lui-même. Maître de ses passions, il doit tout voir, tout entendre, tout connaître. Il faut qu'il soit l'œil de ses états, comme Dieu est l'œil du monde.

» S'il perçoit des tributs, et ne protége point ceux qui les lui payent, la malédiction du ciel tombera sur sa tête; mais s'il encourage la culture des terres, et que les laboureurs joyeux lèvent vers le Tout Puissant leurs mains pures et innocentes, Dieu versera sur lui et sur son royaume les trésors de sa divine protection; l'abondance, fille de la paix et de l'industrie, régnera dans cette heureuse contrée, et le bonheur du prince naîtra de la félicité publique.

» Celui qui, pour régner, fait répandre le sang de ses frères, et allume parmi eux les torches de la guerre civile, est un monstre indigne de voir le jour. »

Tels étaient les sages principes sur lesquels Aliassin Ivan réglait toutes ses actions. Ainsi l'on ne doit point s'étonner si son peuple était heureux; et si Florestan dans sa captivité trouvait un adoucissement à sa douleur, c'était de vivre avec un souverain vertueux, et de partager ses travaux.

Trois années s'écoulèrent, sans qu'il arrivât rien d'intéressant; mais pendant cet espace, Florestan ne put ni donner ni recevoir de nouvelles.

Il n'est pas de tourmens qui égalent, dit-on, celui d'être éloigné de sa patrie. C'était en vain qu'Aliassin comblait son ami de ses bienfaits, qu'il lui avait accordé une puissance semblable à la sienne; le malheureux jeune homme ne pouvait resister au chagrin dont il était dévoré.

Lorsqu'il avait rempli les obligations que lui imposait la place de ministre, il se retirait dans le fond du jardin, et là, dans un bosquet presqu'inaccessible aux rayons du soleil, il s'occupait des objets qui lui étaient chers.

O Célina, dom Carlos, Alphonse, combien de fois vos noms furent répétés par l'écho confident des peines de Florestan! Combien de larmes il versa, en pensant que tout ce qu'il aimait n'existait peut-être déjà plus!

Aliassin le surprenait souvent dans cet état douloureux, et cherchait inutilement à le consoler. L'amour et l'amitié sincère résistent à la bienfaisance; et l'appas des richesses, et même du pouvoir suprême, ne peuvent détruire des sentimens que les vertus ont fait naître.

Une seule circonstance pouvait lui faciliter les moyens de retourner dans son pays. Pour que son désir pût être accompli, il fallait que les Portugais attaquassent le royaume de Mujac, que cette terre hospitalière tombât en leur pouvoir.

Depuis long-temps le cap de Bonne-Espérance était devenu tributaire des Portugais, et chaque jour, Aliassin s'attendait à voir une flotte considérable arriver devant le port de Mujac.

Comme il ne possédait que fort peu de vaisseaux, il fut décidé que l'on travaillerait avec activité à des ouvrages avancés, et que la capitale serait défendue par tout ce qu'il y aurait de citoyens en état de porter les armes. Mais comme les forces pouvaient être insuffisante, et que le monarque voulait épargner le sang de ses sujets, le conseil des anciens fut d'avis d'envoyer au-devant de l'escadre ennemie, qui déjà longeait les côtes de Coromandel, afin de lui porter des paroles de paix, et de lui offrir des présens considérables.

Florestan fut choisi pour cette ambassade. On équipa un riche bâtiment; il était accompagné de plusieurs chaloupes, devait longer la côte et se rendre au cap de Bonne-Espérance.

Muni des pleins pouvoirs du souverain de Mujac et de la confiance des habitans du royaume, Florestan promit de tout entreprendre pour le succès de la négociation dont il était chargé.

Va, lui dit Ivan, sois un ange de paix, un médiateur heureux qui puisse arrêter les projets de l'ennemi; dis bien à tes compatriotes, que nous ne voulons voir en eux que des frères, si leurs intentions, en s'approchant de nos parages, ne sont pas de nous rendre esclaves; s'ils ne veulent qu'un point d'appui qui soit dans le cas d'alimenter leur commerce, qu'ils viennent dans ce port, ils y seront reçus comme amis; mais si leur dessein était de nous imposer des lois, si l'indépendance des pays que je gouverne devait souffrir la moindre atteinte, alors nous saurions nous défendre. Le nombre des assaillans ne saurait nous épouvanter. Un peuple qui veut être libre, sent doubler ses forces, quand il s'agit de faire respecter ses droits.

La mission honorable que tu dois à ma confiance, va te mettre en relation avec tes compatriotes; je crois à ta probité, à tes vertus, puisque j'abandonne à ta prudence les intérêts de mon royaume.

Si le succès ne couronnait point mon

attente, si les offres d'une amitié sincère n'étaient reçues qu'avec mépris, alors tu reviendrais nous prévenir, puis tu retournerais vers les tiens; car je n'aurais pas la cruauté d'exiger que tu portasses, sur les Espagnols, une main sacrilége.

Tout homme qui se bat contre les intérêts de sa patrie, est un monstre qui doit encourir la haine des hommes et celle de l'Eternel.

Florestan quitta le port de Mujac, après avoir donné sa parole de revenir, quel que fût le résultat de sa négociation.

Si je puis réussir, se disait-il, à donner à Ivan une preuve de mon zèle, en conservant la tranquillité à son pays, tous mes vœux seront comblés; alors quitte envers lui, je retournerai à Lisbonne, où je retrouverai, sans doute, Célina et dom Carlos. Peut-être que

Fernando leur persécuteur a cessé d'exister ; peut-êre son juste châtiment aura-t-il vengé enfin tous les malheureux qu'il a persécutés depuis tant d'années.

Peu de jours suffisaient pour que le bâtiment monté par le jeune Portugais atteignît le vaisseaux qu'un bon vent faisait avancer à pleines voiles.

Bientôt il sont à portée de s'entendre. Les Espagnols lancent une chaloupe qui vient prendre l'envoyé d'Aliassin. Il est conduit au chef de l'escadre qui le reçoit avec distinction, entend les propositions que lui fait faire le monarque, accepte ses présens et son amitié, et dit à son ambassadeur :

« Le roi Philippe IV, mon maître, vous promet, par ma voix, une paix durable. La conduite du souverain de Mujac sauve son royaume des horreurs d'une guerre dont le résultat eût pu être bien funeste à ses peuples. »

On dit que rien ne se grave plus facilement dans la mémoire que les traits d'une maîtresse chérie, ou ceux d'un persécuteur abhoré. Cependant Florestan ne reconnut point, dans le chef de l'escadre, l'auteur de toutes ses infortunes.

Bien des changemens avaient eu lieu à Madrid, depuis que Florestan s'était vu contraint de partir avec le fils de dom Carlos.

Les plus faibles causes amènent souvent de grands effets.

Cécile, cette jeune novice, que l'amitié avait attachée au sort de l'abbesse, et l'amante de Florestan, étaient, comme on le sait, dans les prisons de Lisbonne. Célina lui avait fait un récit exact de tous les événemens arrivés à sa famille, et lui en avait aussi nommé le criminel auteur.

Andréa, toujours empressé d'être utile

aux malheureux confiés à sa surveillance, avait fait parvenir une lettre au père de la jeune novice; celui-ci, vivement alarmé sur le sort de sa fille, avait fait des démarches près du tribunal. La jeune personne lui avait été rendue. Cet homme, qui s'était montré si inflexible, attendri par les dangers que sa fille avait courus, touché de l'action qu'elle avait faite, en partageant la captivité de l'abbesse de la Santa-Maria, lui permit de rentrer dans la maison paternelle.

Il fit plus encore; le jeune Lorédo, qu'il avait fait arrêter par le tribunal de l'inquisition, n'ayant été détenu que fort peu de temps (car on n'avait pu le trouver coupable), chercha à rentrer en grâce avec le père de Cécile.

La nature avait repris tous ses droits, et Lorédo devint l'époux de la jeune et tendre novice, qui reçut la récompense de son courage et de sa douce pitié en faveur de l'abbesse et de Célina.

L'amour ne peut détruire l'amitié, et Cécile heureuse n'oublia point celles qui étaient détenues dans les prisons inquisitoriales.

Une circonstance inattendue vint seconder sa bonne volonté. L'ambition qui élève les hommes au faîte des honneurs, s'était emparée depuis long-temps du comte Fernando : parvenu à force de bassesse, de proscriptions, à la place du ministre, il prétendit devenir souverain de quelques pays éloignés, où le nom de ses victimes ne pût jamais arriver.

Déjà des bruits sourds circulaient en Espagne. Le souvenir de dom Carlos y subsistait toujours ; son parti y était puissant, et le monarque, lui-même, ne pouvait s'empêcher de parler de lui.

Hélas! disait-il souvent, si ce vaillant général, l'honneur de la Castille, n'avait été qu'une victime de la calomnie, combien Philippe serait malheureux !

Ah ! sire, lui répondait son perfide ministre, je souffre autant que vous, non que j'aie la pensée que dom Carlos soit innocent, car trop de preuves l'ont accusé, mais ma douleur a pour motif celle que vous éprouvez, vous-même, d'avoir été si cruellement trahi.

Comme Fernando s'apercevait que les regrets du roi étaient réels, que si jamais dom Carlos se présentait en Espagne, Philippe ordonnerait la revision de son procès, et qu'il avait annoncé, à toute sa cour, la résolution qu'il avait prise, il pensa qu'il était prudent de s'éloigner du théâtre de ses intrigues, où, tôt ou tard, il pourrait jouer un rôle peu avantageux.

Il prétendit donc abandonner les états

de son souverain ; mais il voulut, en même temps, y trouver son profit.

Les projets de conquêtes que le prince avait formés sur les Indes et sur les royaumes de la Cafrerie, partie méridionale de l'Afrique, projets qui devaient donner au commerce la plus grande latitude, lui parurent propres à ses vues ; et profitant de l'empire qu'il conservait encore sur l'esprit du roi, il lui demanda, et en obtint le titre de vice-amiral, quoiqu'il n'eût aucune connaissance de l'art de la navigation.

Telle est la faiblesse de certains princes ; ils accordent à l'intrigue ce qu'ils refusent souvent au véritable mérite.

La nouvelle promotion de Fernando excita beaucoup de jalousie parmi ceux qui prétendaient avoir des droits à cette place.

On se demandait à l'oreille comment un homme qui n'avait rien fait pour le salut de l'Etat, pouvait avoir obtenu la confiance du monarque pour une expédition si important, et d'où dépendait soit une perte immense, soit un avantage réel. De ces réflexions, on passait naturellement à d'autres, qui n'étaient point en faveur de celui qui les faisait naître. Bientôt on parla hautement de la fureur avec laquelle il avait poursuivi dom Carlos, et sans doute ceux qui composaient la famille de cet illustre guerrier, digne élève du général Spinola, et fait pour honorer la patrie, qui l'avait regardé comme son défenseur.

Pour augmenter encore les présomptions contre le nouvel amiral, qui venait de partir pour l'Afrique méridionale, on vit reparaître le ministre, qu'il avait supplanté lors du jugement de dom Carlos.

On doit se rappeler que Philippe IV, qui par caractere n'était ni vindicatif ni cruel, avait seulement exilé dans ce temps-là celui que Fernando dénonçait comme un homme faible et pusillanime ; mais qu'ensuite le comte, abusant du pouvoir que lui prêtait le tribunal de l'inquisition, le ministre disgrâcié s'était vu traîné dans les prisons, où il était resté sans jugement.

Dès qu'on sut à Madrid le départ de Fernando pour la grande expédition, on redemanda le ministre exilé. Le roi céda au désir de son conseil ; mais lorsqu'on alla chercher celui à qui il rendait sa confiance, on apprit qu'un ordre émané du Saint-Office avait arraché cet homme des bras de sa femme et de ceux de ses enfans, et que ces derniers, repoussés par des agens impitoyables, n'avaient jamais pu parvenir jusqu'au pied du trône, pour obtenir, non une grâce, mais la faveur d'être promptement jugé.

Le roi fit prier le grand inquisiteur de se rendre à son palais; je dis prier, car à cette époque les souverains de l'Espagne, comme ceux de tous les pays où le pouvoir inquisitorial exerçait ses fureurs, n'osaient parler en maîtres. Ils étaient les premiers esclaves de cette institution funeste.

Philippe s'étant fait rendre compte des motifs de l'arrestation de son ancien ministre, apprit qu'on l'avait dénoncé comme un homme irreligieux, et que le comte Fernando avait semblé prendre sa défense, en empêchant qu'il ne fût jugé, mais en exigeant qu'on le retînt enfermé pour toujours, sans permettre qu'il pût communiquer avec qui que ce fût. Ainsi, d'après ces ordres, ajouta le grand inquisiteur, je l'ai fait transporter secrètement dans les cachots de Séville, et sa famille ignore entièrement ce qu'il est devenu.

Eh! quoi! dit Philippe, le comte Fernando m'a trompé! il a abusé de mon autorité! et c'est à lui que je viens de confier une puissance qu'il peut faire tourner contre les intérêts de mon royaume!

D'après ce qu'il venait d'apprendre, le ministre exilé par les ordres du roi, emprisonné à Séville par ceux du comte Fernando, fut rendu à sa famille, et reprit à la cour la place honorable dont il n'avait jamais cessé d'être digne.

Ce fut dans ce temps que dom Carlos abandonna le monastère de la Santa-Maria. On connaît déjà les événemens qui s'y sont passés.

Cécile rendue à son père, devenue l'heureuse épouse de Lorédo, s'occupa du sort de Célina et de celui de l'abbesse.

Pour réussir dans le projet qu'elle avait formé, il fallait qu'elle s'adressât directement au roi, et qu'à cet effet elle se rendît à Madrid.

Lorédo, généreux et sensible, seconda les désirs de sa jeune épouse, et alla chez dom Mathias, qui lui remit le mémoire que Forestan avait écrit tandis qu'il était dans les prisons de l'inquisition, et que dom Sache et Thérésia avaient revêtu de leur attestation relativement à eux sur les crimes du comte Fernando.

Munie de ces preuves, et parfaitement instruite de ce qui avait rapport à tous les infortunés qui nous sont connus, Cécile, accompagnée de son mari, se mit en route pour gagner la capitale de l'Espagne.

A la première auberge où elle s'arrêta pour prendre quelque repos, elle entendit parler du roi. C'étaient des militaires qui se trouvaient dans une chambre contiguë à celle de Cécile. Elle prêta à leurs discours une oreille attentive.

Ma foi, dit l'un d'eux, il y a longtemps que je soupçonnais Fernando. S'il a trompé le monarque, il ne m'a pas trompé. — Mais, mon capitaine, répondit l'autre, que ne le faisiez-vous connaître ? — Dénoncer un ministre, le favori d'un souverain, c'est être fou. On s'expose à perdre sa place, et souvent la vie. Il y a dix ans que je suis officier de la garde; je vois tout, j'entends tout, et ne dis mot; mais depuis la malheureuse affaire du brave dom Carlos, qu'il a fait périr, j'ai regardé le comte Fernando comme le premier et le plus grand scélérat de toutes les Espagnes. — Il faut que le roi soit bien aveuglé sur son compte pour l'avoir nommé chef d'escadre ! — Avec des vertus apparentes, le vernis de la bravoure, un caractère rampant, on parvient quelquefois à la cour; et d'après cela je resterai simple officier toute ma vie.

Comme il venait de finir cette phrase, on annonça à ces militaires que le roi arriverait dans deux heures.

Tu l'entends, dit Cécile à son mari; le ciel protége notre bonne volonté. Demeurons ici, et dès que Philippe paraîtra, je me jetterai à ses pieds, j'implorerai sa justice, et celles pour qui nous nous intéressons seront rendues à la liberté.

Cécile et son époux ne se couchèrent point. La nuit était à la fin de son cours, et le roi n'arrivait pas. A six heures du matin, des postillons l'annoncèrent. Lorédo conduisit Cécile dans la salle où il devait s'arrêter; et lorsque sa voiture entra dans la maison, ils se trouvèrent l'un et l'autre à même de présenter les premiers au roi l'hommage de leur respect.

Cécile était d'une grande beauté. Philippe la considéra avec autant de curiosité que d'admiration; et comme elle s'était jetée à ses-pieds, il s'empressa de la tirer de cette posture humiliante, et, lui offrant la main, il lui dit: Relevez-vous, senora, la beauté n'est pas faite pour tant d'abaissement. Que vois-je! vos beaux yeux sont baignés de pleurs! Ah! parlez, que puis-je faire pour vous? Je jure par la foi royale que vous ne m'aurez point imploré en vain, et que mes bienfaits justifieront votre confiance.

Sire, lui répond Cécile, qui cherchait à se remettre de son trouble, je vais vous porter un coup sensible, détruire une illusion qui avait pour vous des charmes, et vous faire connaître un monstre que vous décorez du nom de votre ami, et qui, depuis plusieurs années, entasse crimes sur crimes, victimes sur victimes, et fait souvent haïr un prince qui cependant mérite tout l'amour de ses sujets.

Cécile ignorait que déjà le redoutable flambeau de la vérité éclairait la conduite qu'avait tenue l'infâme comte

Fernando à l'égard de la famille du malheureux dom Carlos.

Je sais, continua l'épouse de Lorédo, que ma démarche serait téméraire et dangereuse, si je m'adressais à un souverain incapable d'entendre la vérité; mais je n'ai rien à craindre en vous remettant les preuves qui attestent que votre ministre est le plus lâche des calomniateurs, le plus immoral des hommes, et vous verrez enfin que le vaillant dom Carlos n'est pas sa première victime.

Le monarque frémit de colère en parcourant les mémoires de Florestan et de dom Sanche, qui portaient un caractère de vérité irrécusable, et dans lesquels étaient relatés des faits d'une notoriété publique sur l'infâme procès qui avait proscrit et déshonoré le noble et vaillant neveu du général Spinola.

Cécile raconta avec tant de force et

d'énergie les événemens arrivés à la Santa-Maria, au sujet du faux jardinier, et la cruelle captivité de l'abbesse et de Gélina, qui gémissaient dans les prisons inquisitoriales, que le monarque ne put retenir ses larmes. Partons de suite, dit-il; je veux briser les fers de ces infortunés. Fasse le ciel, ajouta le monarque avec une véhémence qui peignait bien la situation de son âme, fasse le ciel que l'escadre dont Fernando est le chef ne soit point encore en pleine mer!

Il partit aussitôt pour Lisbonne, espérant arriver assez à temps pour faire arrêter le comte, qu'il ne présumait point encore embarqué; mais tandis qu'en Espagne on le dénonçait publiquement, les vents s'étaient montrés favorables pour lui; et quand le monarque arriva à son palais (1), il y avait

---

(1) Le palais du roi y est de la plus grande

déjà trente-six heures que la flotte était partie.

En quittant Lorédo et son épouse, le monarque leur donna un rendez-vous à son palais.

Senora, dit-il à Cécile, allez promptement consoler la sœur et la tante de dom Carlos ; dites-leur que Philippe IV se déclare dans ce moment le défenseur des infortunés.

---

beauté ; il est situé sur les bords du Tage, qui, dans cet endroit, a plus d'une lieue de large, et forme un port des plus grands et des plus sûrs de l'Europe, où les gros vaisseaux abordent, et sont à couverts des vents, à cause des montagnes voisines. Il y a encore plusieurs forts garnis de canons le long du Tage jusqu'à l'Océan atlantique ; mais ils ne sont dus qu'aux travaux, au zèle des Portugais, qui plusieurs fois ont été obligés de les rebâtir après les tremblemens de terre, qui sont très-fréquens dans ces climats.

La jolie suppliante n'eut point le temps de lui apprendre qu'une fois sortie des prisons, il était imposible d'y rentrer pour voir un ami, partager ses chagrins et pleurer avec lui.

Dans ce séjour de vengeance et d'horreur, les gardiens sont inaccessibles à la pitié; leur cœur est plus dur que les pierres des cachots. Le seul Andréa était compâtissant et sensible; mais il était confiné dans l'intérieur, et son pouvoir ne dépassait point la galerie où se trouvait située la salle qui renfermait Célina et l'abbesse. Quelques cachots souterrains faisaient aussi partie de son gouvernement.

Les malheureux qui y gémissaient contre le sort ne pouvaient s'empêcher de remercier la Providence qui leur avait donné dans le concierge Andréa un consolateur et un ami, qui les aidait à suporter le poids de leurs chaînes et celui de la vie.

Philippe fut pénétré de la plus vive douleur quand il sut que l'escadre était partie. Ce mal se trouvait sans remède. Il songea donc, d'après les preuves qu'il possédait, à faire réhabiliter la mémoire de dom Sanche et celle de dom Carlos. Le premier, se disait le roi, fut condamné par mon père ; je signai l'arrêt contre le second, et je ne dois pas perdre un seul instant pour que la justice soit enfin rendue. Il espérait que ces deux vaillans militaires n'avaient point cessé d'exister ; mais la fin cruelle de l'épouse de dom Carlos, de son fils et de Florestan, l'accablait et lui faisait éprouver les plus cuisans remords.

Ces trois malheureux n'avaient péri que par suite de la proscription de dom Carlos, ou du moins Philippe IV le présumait ainsi.

Dès qu'on sut à Lisbonne que l'on avait le bonheur d'y posséder le monarque, les principaux habitans de la ville se présentèrent. Il les reçut avec bonté; mais il leur dit : J'ai à remplir ici la plus noble tâche ; et lorsque je me serai acquitté d'un devoir bien cher à mon cœur , je consacrerai tout mon temps aux besoins de mes fidèles sujets. Il les congédia, et peu de temps après il se rendit au palais du grand inquisiteur.

Le pouvoir de ces chefs redoutables était aussi grand, dans ces temps, que la faiblesse et les préjugés des princes. On voyait des souverains d'Espagne, environnés de tout l'appareil de la puissance, trembler devant des moines ambitieux et fanatiques, qu'ils eussent dû faire rentrer dans le fond de leurs cloîtres, et d'où, pour le bonheur de l'humanité et la gloire de la religion, on n'aurait jamais dû les tirer.

Le grand inquisiteur ne s'attendait point à recevoir le monarque ; il fut sensible à cet honneur, et se persuada qu'il s'agissait de la perte de quelques grands seigneurs ; mais il fut bien étonné, lorsque Philippe lui eut nommé l'abbesse du monastère de la Santa-Maria, la sœur du général dom Carlos, et surtout quand il lui eut prouvé l'innocence de ces deux femmes.

Il se garda bien de lui parler de Florestan ni de dom Sanche, qui avaient eu le bonheur de fuir des prisons. Il sentit qu'il perdrait Andréa, qui s'était montré si généreux à leur égard.

Le grand inquisiteur céda à la demande de Philippe, qui voulut, lui-même, se procurer la satisfaction de dire aux prisonnières : vous êtes libres. Cependant, il exigea que l'aimable Cécile l'accompagnât, et qu'elle pût trouver, dans leurs embrassemens, le prix dû à son courage.

Il se rendit, avec elle, dans les prisons ; le gouverneur les précédait.

Andréa ne connaissait point le roi; et quand le gouverneur lui eut dit : conduisez-nous dans le cachot où sont l'abbesse et sa nièce, ses jambes fléchirent; il crut que l'on venait les chercher pour les traîner au tribunal, et de là, peut-être à la mort.

Monsieur le gouverneur, dit ce brave homme, elles ne sont point dans un cachot; je suis coupable, j'en conviens, puisque vous m'aviez ordonné de les traiter sévérement; mais j'avoue ma faiblesse; ces femmes m'ont ému, et j'ai cru bien faire en rendant leur captivité moins affreuse. Elles sont dans une salle.

Tu es tremblant, lui dit le roi; rassure-toi, brave homme, rassure-toi; ton action honore l'humanité. Hélas! répond Andréa, vous n'êtes donc point un des officiers du Saint-Office, puisque vous parlez ainsi? Non, lui répond

Philippe ; et le souverain d'Espagne compte ce jour au nombre des plus beaux de sa vie.

Andréa était si troublé, qu'il ne reconnaissait pas Cécile, qui était avec le roi ; et, d'ailleurs, il l'eût été moins, que, peut-être, il ne l'aurait pas reconnue, en raison du changement de costume.

La nouvelle épouse avait substitué à celui de religieuse, tout ce que la richesse et le goût peuvent offrir d'agrément ; et des cheveux artistement bouclés remplaçaient, sur son front d'albâtre, le voile de fine batiste dont on l'avait couverte contre sa volonté.

Le concierge hâta sa marche, arriva près de la porte, l'ouvrit, et oubliant d'abord ce qu'il devait de respect au roi, il entra en criant à voix haute : bonne nouvelle ! vous êtes sauvées ! le magnanime souverain d'Espagne vient terminer vos malheurs.

Oui, senora, répond Philippe, votre geôlier m'ôte le plaisir de prononcer le premier des paroles de consolation; mais je lui pardonne, il compâtissait à vos peines bien long-temps avant que je ne les connusse; il était juste qu'il vous en annonçât la fin.

L'abbesse et Célina tombent aux pieds du monarque, qui leur dit que les crimes du comte Fernando étaient dévoilés, et le procès de dom Carlos regardé comme nul; qu'il allait faire proclamer, dans toute la Castille, l'innocence de ce vaillant général; enfin, ajouta-t-il, si vous connaissez le lieu qu'il a choisi pour sa résidence, faites-le revenir; c'est dans les bras de son prince, qu'il trouvera, je l'espère, quelqu'adoucissement à ses longues infortunes.

Cécile reçut de Célina les plus tendres caresses. Tout le monde sortit de la salle en versant des pleurs de joie, auxquels Andréa joignit les siens. Le monarque fut touché de la bonté du concierge. Mon ami, lui dit-il en lui tendant la main, j'honore la vertu, n'importe dans quelque classe de la société qu'elle se rencontre. Tu n'es pas fait pour rester ici. Dès ce moment je te fais une pension de cent pistoles.

Sire, répond Andréa, qui pouvait à peine s'exprimer, j'accepte avec reconnaissance ce que vous daignez faire pour moi; mais je supplie votre majesté de permettre que je continue mon état de concierge. La rente que vous me promettez va suffire pour me rendre la vie agréable. — Pourquoi veux-tu donc rester ici? — Sire, j'ai cinquante ans, point d'éducation; que ferais-je dans le monde? — Tu n'as donc pas de famille? — Pardonnez-moi, j'ai une fille; mais elle est mariée, elle est heureuse. —

Tu jouirais du spectacle de son bonheur. — Oui, sire; mais je ne pourrais plus le procurer à d'autres, et avec cent pistoles de pension.... Il n'acheva point; il versait des larmes.

Explique-toi. — Ah! sire, quand le sort amène ici des prisonniers, ce qui arrive bien souvent, ils n'ont de nourriture que du pain noir et de l'eau; je me prive quelquefois de ce qui m'est nécessaire, pour le donner à ceux qui sont malades. Eh bien! par le secours que votre bonté vient de m'accorder, je pourrai les soulager; et si je les vois gémir sous le poids de leurs fers, ils ne manqueront pas, au moins, des choses qui sont indispensables pour le soutien de leur pénible existence.

Ce trait d'humanité pénétra le monarque; il donna sur-le-champ au geôlier tout ce qu'il possédait sur lui. Tiens, mon ami, lui dit-il, voici ton premier paiement. Puissent tous ceux que les malheurs précipitent dans les prisons, trouver dans leurs gardiens des hommes tels que toi !

Le monarque sortit du palais inquisitorial, et emmena dans le sien l'abbesse et Célina.

Peu de jours après le monastère de la Santa-Maria fut r'ouvert, et les religieuses, qui avaient été conduites dans celui des Carmelites, furent ramenées à leur premier bercail, à la réserve de celles qui avaient signé la dénonciation scandaleuse contre l'abbesse, et qui furent condamnées par l'évêque à rester toute leur vie éloignée d'une femme vertueuse, dont elles avaient semblé désirer la mort.

Le roi fit proclamer bientôt dans toute la Castille que le général dom Carlos avait été condamné injustement; que l'on avait trompé la justice des juges par des écrits calomnieux; que tous les biens provenans de sa famille seraient rendus à la senora Célina, qu'il nomma comtesse de la Riche Colline.

Hélas! c'était un faible dédommagement de tous les tourmens qu'elle avait éprouvés.

Les titres pompeux, la fortune la plus brillante ne peuvent balancer les peines du cœur, et rien ne consolait la sœur de dom Carlos, des pertes qu'elle avait faites.

Elle retourna dans le château où s'étaient écoulés pour elle les premiers jours d'un printemps qui semblait lui promettre le bonheur. Elle retrouva dans les habitans des domaines de son beau-frère, l'attachement et le respect qu'ils portaient tous à ce dernier; mais elle ne l'y voyait point. A chaque pas qu'elle faisait, des souvenirs douloureux la forçaient souvent à s'arrêter.

Une sœur, un neveu, un amant tendrement chéri, étaient à jamais perdus pour elle ; et pour accroître sa douleur, rien ne faisait présumer que dom Carlos pût jamais revenir. Déjà six mois s'étaient écoulés, et l'on n'avait de lui aucune nouvelle.

Lorsqu'il avait quitté le monastère de la Santa-Maria, sa santé était chancelante, et tout portait à croire qu'il avait sans doute péri.

Si Célina n'eût consulté que son inclination, elle fût restée avec sa tante ; mais il s'agissait de veiller à la conservation des biens de son frère, et la Providence, par un de ses miracles, pouvait rendre un jour à sa tendresse le fils d'une sœur qu'elle avait aimée, quoiqu'elle fût l'auteur de toutes ses infortunes.

Reléguée au château de la Riche Colline ; vivant dans l'éloignement du monde; s'occupant sans cesse des moyens de faire du bien aux habitans de ses domaines, Célina atteignit sa vingtième année sans recevoir aucune espèce de consolation.

Anna, cette bonne fille avec laquelle s'était écoulée une partie de son enfance, fut rappelée au château. Elle y était revenue accompagnée de son mari et de quatre enfans presqu'aussi jolis que leur mère.

Dom Mathias, son épouse et celle de Lorédo, venaient souvent visiter leur amie, et croyant tous que Florestan n'existait plus, ils l'engageaient à se marier.

Plusieurs partis brillans se présentèrent, mais ce fut inutilement. Elle persista dans la fidélité qu'elle lui avait jurée.

Cécile lui répétait souvent : Vous êtes témoin de la félicité de mon ménage; il n'est pas de sort plus doux que celui d'une femme tendrement chérie.

Vous aimiez Lorédo, répondait Célina, et vous n'eussiez point consenti à donner votre foi à un autre. Le véritable amour est comme la mort; il ne frappe qu'une seule fois. Ainsi, ma chère Cécile, ne me parlez jamais de prendre un époux. Vous semblez, ajouta-t-elle, vouloir me ravir la seule consolation qui me reste : elle consiste dans l'espérance. Ah ! si je pouvais me persuader que Florestan a cessé de vivre, ce serait l'arrêt de ma mort.

Les amis de Célina voyant qu'il leur était impossible de la déterminer à se marier, renoncèrent à ce projet, et tâchèrent, par leurs visites fréquentes, d'embellir la solitude dont elle ne voulait sortir que pour aller, de temps à autre, embrasser la bonne abbesse de la Santa-Maria.

CHAPITRE XX.

Dom Carlos réfugié dans une simple habitation située, comme nous l'avons déjà dit, dans une vallée entourée de montagnes, près de la ville de Dordrecht, (1) avait acquis la réputation d'un saint personnage; et tous ceux qui

(1) Dordrecht, à l'embouchure de la Meuse, à quinze lieues de la capitale de la Hollande, est dans une île qui tenait autrefois au continent; elle en fut séparée en 1411 par une haute marée, qui engloutit plusieurs bourgs et villages. On compte dans cette île plus d'une douzaine de montagnes, sur lesquelles sont construites des maisons, ce qui forme presqu'autant de villages.

La ville, située dans cette île, est belle, riche, commerçante, et ses environs en sont très-productifs.

habitaient sur les montagnes environnantes, lui rendaient souvent des visites. Il était devenu leur ami, leur conseil; et plus d'une fois, en portant des paroles de paix au sein des rustiques familles de ce canton, il réconcilia des pères avec leurs enfans, des frères avec des sœurs, et des amis avec des amis.

Il avait apporté avec lui beaucoup d'or, au moyen duquel il pouvait soulager les infortunés; mais afin qu'on ne soupçonnât point qu'il était d'un rang distingué, il acceptait, sans rougir, tout ce que les paysans aisés apportaient à son ermitage, et semblait donner d'une main ce qu'il avait reçu de l'autre.

Il y avait déjà deux années qu'il était en Hollande, et son ermitage ressemblait à une ferme, tant il l'avait laissé embellir. C'était à qui des habitans, ses voisins, viendrait y travailler. On avait construit une grange pour serrer les grains qu'on lui donnait, une étable pour mettre plusieurs vaches, un cellier et plusieurs autres compartimens pour qu'il pût élever de la volaille.

Bientôt il fut obligé de prendre quelqu'un pour le service de sa maison ; mais l'embarras pour lui n'était que dans le choix qu'il devait faire pour ne point exciter de jalousie parmi ceux qui lui étaient dévoués. Il n'était pas un de ces bons paysans qui ne vînt lui offrir un de ses enfans pour le servir.

Un dimanche, que plusieurs d'entre eux descendirent dans la vallée pour le supplier de faire enfin choix de quelqu'un pour rester avec lui, il leur dit :

Mes bons amis, comment puis-je vous témoigner ma reconnaissance? vous y avez tous des droits; et puisque vous regardez comme un bonheur de vivre avec moi, et que je ne veux désobliger personne, le sort va décider.

Non, père Urbain, dit le jeune Edmond, les fils de ceux que vous appelez vos amis, sont au nombre de six; eh bien! chacun de nous restera avec vous pendant deux mois. A la fin de l'année vous prendrez, pour vous servir, celui qui vous aura témoigné plus de zèle, de respect et d'obéissance. Ah! si mes camarades me ressemblent tous, comme je le crois, m'est avis que l'an prochain vous serez encore plus embarrassé pour vous choisir un second.

Cette proposition concilia tout; et comme c'était Edmond qui l'avait donnée, ce fut aussi lui qui entra le premier dans l'ermitage, et en partagea les travaux.

Dom Carlos, en fuyant son ingrate patrie, voulait vivre dans une solitude. Ses vertus, sa bienfaisance, lui avaient donné plusieurs familles dont il semblait être le chef et comme le dieu tutélaire. Ah! si dans son nouveau domaine il eût pu renfermer l'espoir de revoir son fils, il se fût trouvé heureux. Mais hélas! tout lui faisait présumer que cet objet de ses affections avait cessé de vivre ainsi que Florestan.

Combien de fois il forma le projet de retourner en Espagne! mais sa tête y était proscrite; et si son fils avait été rendu à Célina, il ne le reverrait que pour le perdre ensuite. L'échafaud attendait le plus vertueux des guerriers; ainsi le père d'Alphonse résolut de vivre et de mourir dans son ermitage.

Tandis qu'il formait un projet que son cœur condamnait toujours, le fils, dont il s'occupait continuellement, était à la cour de Sigisgan; il en était dejà l'amour et l'espérance, et les habitans du royaume de Golconde voyaient en lui leur futur souverain.

Alphonse, à qui Sigisgan avait donné le nom de Thamar, venait d'atteindre sa seizième année. Sa taille était déjà élevée, sa figure noble et douce. Les chagrins et les malheurs qu'il avait éprouvés, avaient donné à son esprit une maturité peu commune à l'enfance.

Quand la Providence l'amena sur les bords du Gange, et qu'il y fut secouru par les bons Indiens, il n'avait que onze ans; mais il était plus instruit qu'on ne l'est ordinairement à cet âge.

Dès qu'il fut à la cour de Sigisgan, il y apprit la langue du pays avec une facilité étonnante, s'adonna au métier des armes, et tout en lui fit bientôt présager qu'il serait un vaillant guerrier.

Il était soumis et respectueux envers Sigisgan, tendre et caressant pour la reine Zénobie son épouse, à qui cependant il ne donnait point encore le doux nom de mère, quoiqu'elle lui en prodiguât tous les soins.

Un jour que la souveraine était dans

son appartement avec Nirzaël sa fille ; Alphonse y entra au moment où celle-ci embrassait sa mère.

Ce tableau touchant du bonheur filial le frappa vivement ; il resta comme en extase sans oser avancer.

Ah ! dit-il en lui même, que Nirzaël est heureuse ! Chaque jour elle paie un tribut d'amour et de reconnaissance à celle dont elle a reçu la vie ; et moi je n'ai que des pleurs à verser sur la triste fin de ma mère ! Je ne puis prononcer un nom si doux sans que mon cœur se brise. Je n'ai plus de parens. La hache des bourreaux a frappé le vertueux dom Carlos. Mon nom est à jamais déshonoré ; et si l'on venait à le connaître, la pitié que j'inspire se changerait sans doute en un mépris insultant.

Absorbé dans ces tristes réflexions, il restait comme immobile, et ne s'apercevait point que Zénobie et sa fille le regardaient. Une voix douce se fit entendre, et le tira de cette douloureuse anxiété.

Thamar, lui dit Zénobie, mon fils, n'as-tu rien à dire à ta mère? Pourquoi ne viens-tu pas dans ses bras? Tu sais qu'ils te sont toujours ouverts.

Ces tendres paroles, prononcées par la reine, semblaient être un reproche tacite du peu d'empressement de son enfant d'adoption. Il se précipita sur le sein de Zénobie, en lui disant : Ah! ma mère! ne m'accusez point d'ingratitude. Non, jamais je n'oublierai vos bienfaits. Mais ce tableau touchant du bonheur de la princesse votre fille, m'a rappelé des souvenirs!!!

Je t'approuve, mon cher Thamar, et tu n'aurais aucun droit à l'amitié du monarque, si tu perdais les sentimens du véritable amour filial; mais puisque ceux dont tu tiens le jour, ont cessé de vivre, si, comme tu nous l'as dit plusieurs fois, tu es seul dans la nature, pense que je suis et que je serai pour toi une seconde mère.

Alphonse, que nous ne nommerons plus que Thamar, se jeta une seconde fois dans les bras de Zénobie; et son jeune cœur, en s'ouvrant à l'espérance, s'ouvrit aussi au sentiment de l'amour.

Nirzaël n'avait encore vu que douze printemps; déjà elle promettait d'être aussi belle que sa mère, dont elle avait aussi le caractère et la sensibilité.

Jusqu'à cette époque, l'aimable Portugais ne l'avait regardée que comme une sœur. Un seul instant venait de changer toutes ses idées.

L'humanité l'avait fait accueillir à la cour de Sigisgan. L'amitié l'y avait protégé, et l'amour, un amour aussi pur que la vierge qui l'avait fait naître, décida de sa destinée.

Ce fut sur le sein de la mère de Nirzaël que s'allumèrent, pour ces deux jeunes amans, les feux d'une tendresse éternelle. Puisse le ciel préserver la cour de Golconde de la présence d'un méchant capable de troubler le bonheur dont elle jouit sous un prince vertueux !

On s'identifie bientôt avec les principes reçus dans les lieux qui sont devenus chers. Thamar n'oublia point totalement son pays ; mais les souvenirs qu'il en conservait encore ne lui étaient plus aussi sensibles.

Convaincu de la mort cruelle de son père, certain de celle de Florestan, il ne s'occupa plus que de sa nouvelle famille.

L'ambition est la passion des grandes âmes. Elle subjugua entièrement celle du fils adoptif de Sigisgan.

O mon père ! lui disait-il souvent, comment m'acquitterai-je envers toi ?

comment mériterai-je le bonheur d'être l'époux de ta fille?

En défendant avec courage les états que tu dois gouverner un jour, lui répondait le monarque. Lorsque ma fille verra naître l'aurore de son dix huitième printemps, j'unirai sa destinée à la tienne; alors, posant sur ton front le diadême que j'ai reçu des mains de mon peuple, je descendrai du trône pour t'y faire monter à ton tour.

Moi! lui répondait Thamar, occuper votre place! jamais. Votre fils ne veut être que le premier de vos sujets. Je prétends seulement mettre mon bonheur et mes soins à faire dire à ceux que vous gouvernez : si le noble Sigisgan n'était le souverain du royaume de Golconde, nous choisirions celui que la Providence et la bonté du divin Brama ont conduit dans nos heureux climats.

Tout était devenu jouissance pour le

fils de l'infortuné dom Carlos ; et l'avenir semblait se dérouler devant lui, et lui donner l'espoir d'une félicité sans nuage ; mais à l'instant où sa jeune imagination lui présentait une chimère enchanteresse, il fit une perte qui lui fut sensible, et renouvela toutes ses autres douleurs. L'incorruptible ami de Florestan, celui qui l'avait suivi des prisons de Lisbonne dans celles de Madrid, et ne l'avait abandonné sur le vaisseau que pour se précipiter dans le Gange, et en retirer Alphonse, qui allait y périr ; le fidèle Cerbère, enfin, mourut victime de son attachement.

Un soir que son jeune maître et lui revenaient d'un château situé à une petite distance de la ville, où Zénobie et sa fille passaient les beaux jours de l'été, ils furent assaillis par deux pillards cachés dans un taillis épais qui se trouvait sur le bord de la route.

Vingt fois Thamar avait passé dans cet endroit; jamais il n'y avait été exposé à aucune rencontre fâcheuse; et comme il aimait à se promener seul, il ne voulait pas souffrir que les Indiens attachés à sa suite l'accompagnassent.

Il était près de neuf heures du soir lorsqu'il quitta le château. A peine eut-il fait deux cents pas qu'il se sentit arrêter.

L'intention des voleurs était de le dépouiller de ses vêtemens, qui étaient d'une grande richesse, en raison des diamans dont sa ceinture était couverte, ainsi que son turban.

Thamar saisit son poignard et se défendit vigoureusement, tandis que Cerbère, qui s'était jeté après l'autre voleur, lui déchirait les jambes.

L'animal parvint ensuite à le terrasser. Celui-ci était mis hors de combat; mais il avait blessé le chien, qui déjà perdait une partie de son sang.

La vivacité du combat avait forcé Cerbère à s'éloigner de son maître; la fidélité l'y ramena de nouveau. Hélas! il était temps ; car ce malheureux, renversé contre les broussailles qui lui déchiraient la figure, allait recevoir le coup de la mort, si son chien ne fût accouru pour le défendre.

Rapide comme la pensée, il se jette sur l'assassin de son maître, lui mord les mains et la figure, et le force à s'éloigner. Thamar, blessé par plusieurs coups d'une espèce de coutelas, a néanmoins la force de se relever; et prenant de nouveau son arme, que le brigand lui avait arrachée, il la lui plonge dans le cœur, et retombe ensuite à côté de son infâme meurtrier, qui expire peu d'instans après.

Thamar, excédé de fatigue et de douleur, perd bientôt l'usage de ses sens.

Celui qui l'avait réduit dans cette affreuse situation ne se trouvait pas à dix pas de lui. Le fidèle Cerbère s'était couché, ou plutôt le manque de force le contraignit à tomber à côté de son maître. Les yeux encore remplis du feu de la colère, la gueule teinte de sang et couverte d'écume, il faisait d'inutiles efforts pour que l'on entendît ses gémissemens.

Il y avait plus de trois heures que Thamar et son défenseur étaient réduits dans cet horrible état, lorsqu'on vint au secoursd u premier.

Sigisgan, inquiet de ne point voir son fils adoptif, et présumant qu'il lui était arrivé quelque accident, envoya au-devant de lui plusieurs de ses officiers.

La nuit était sombre ; ils eurent la précaution de se munir de flambeaux.

Ils parvinrent jusqu'auprès du taillis. Quel affreux spectacle s'offre à leurs regards !

Bientôt ils reconnaissent Thamar, qui semble n'avoir que peu de minutes à vivre. Son chien n'est déjà plus. Le pauvre animal a la tête appuyée sur l'épaule de son maître. Ses yeux sont ouverts, mais sans aucun mouvement, et sa langue est collée sur une large plaie que Thamar a reçue tout à côté de l'oreille.

Fidèle serviteur, ami rare et sincère, après avoir sauvé la vie au fils de dom Carlos, tu expires, et ta dernière action, ton dernier regard sont encore pour lui ! leçon frappante qui devrait faire rougir les ingrats, si quelque sentiment d'honneur pouvait encore les toucher.

On enleva Cerbère d'auprès de son maître ; il fut laissé près du taillis, et l'on porta le jeune homme dans une maison voisine de ce lieu.

Là tous les soins lui furent prodigués. Ses blessures, heureusement, n'étaient point dangereuses ; et dès qu'il eut recouvré sa connaissance, il demanda à repartir pour le palais, afin de tranquilliser le souverain ; mais on exigea qu'il demeurât pendant vingt-quatre heures sur le lit où on l'avait posé.

Sa première pensée avait été, comme on le voit, pour son bienfaiteur ; la seconde fut pour le seul ami qui lui était resté, depuis la perte de Florestan ; il le demanda, et personne n'osait lui faire le récit d'un événement qui devait augmenter ses souffrances ; mais toute sa présence d'esprit lui étant revenue, il se rappela la lutte terrible à laquelle Cerbère avait pris une part si active, et l'on fut obligé de lui avouer que l'animal n'était plus.

Saisi d'une douleur affreuse, il demeura un moment dans un état de stupeur ; et lorsqu'il en sortit, il prononça ce peu de mots : Fidèle et seul ami de ma déplorable famille, mes mains t'éleveront un tombeau.

Il ordonna à ceux qui étaient près de lui d'envoyer enlever Cerbère, de le faire porter dans un des bosquets du jardin de Sigisgan, et d'y faire élever une pyramide, à laquelle il prétendait mettre lui-même la dernière main.

En effet, dès qu'il fut parvenu à une heureuse convalescence, on le conduisit dans le lieu où Cerbère était enterré.

Il trouva que les ordres qu'il avait donnés étaient tous exécutés; une pyramide très-élevée venait d'être construite avec la plus grande élégance.

Il y fit mettre une épitaphe qui exprimait ses regrets et sa reconnaisance pour le fidèle ami qui lui avait sauvé la vie.

Lorsque Thamar se trouva en état de sortir du palais, il alla passer quelques semaines auprès de la reine Zénobie, qui s'était déterminée à ne plus quitter son château. C'était dans la retraite qu'elle voulait achever l'éducation de la princesse Nirzaël ; et d'ailleurs sa prudence ne pouvait lui permettre d'exposer sans cesse aux regards du peuple, celle qui devait être un jour sa souveraine. Depuis quelque temps plusieurs des princes dont les états environnaient celui de Golconde, avaient demandé la main de la belle Nirzaël ; ils avaient éprouvé des refus, motivés sur la promesse que Sigisgan avait faite de la donner au jeune étranger que le divin Brama avait fait arriver si miraculeusement sur les bords fortunés du Gange. Plusieurs ambassadeurs furent envoyés des différens royaumes, mais ils ne purent voir la princesse, qui résidait continuellement à la campagne. Plus on la cachait soigneusement, plus on augmentait les désirs des souverains qui la demandaient en mariage.

Pour rendre l'asile qui la renfermait, inviolable, le monarque le fit entourer d'une haute muraille et garder par une force imposante. Cette mesure avait paru nécessaire, pour s'opposer à l'effet des menaces du roi ou nabas d'Oriza (1), qui avait juré que si celui de Golconde ne lui donnait point sa fille, il saurait l'y contraindre par la force des armes, ou la lui enlever par la ruse : Sigisgan avait beaucoup à craindre de la part de ce prince, qui, véritable Maratte, en avait le caractère déloyal.

---

(1) Orixa, royaume de l'Indostan, sur le golfe de Bengale, à l'extrémité septentrionale de la côte de Coromandel, entre les royaumes de Golconde et du Bengale. Ce pays a deux cents lieues de côte ; il est maintenant partagé entre les Anglais et les Marattes. Les principales villes sont Ramana, où est fixée la résidence du roi ; Brampour et Ganjam, où les Anglais ont un comptoir des plus avantageux pour la prospérité de leur commerce dans les Indes. Les Français se sont établis sur cette côte en 1783.

Il y avait trente ans environ, qu'Abinder, son père, conquit Orixa à la tête d'une nombreuse peuplade.

Les Marattes sont naturellement sans foi, et par conséquent voleurs; rien n'est sacré pour eux. Ils avaient depuis long-temps étendu leur domination sur le bord de la mer, depuis le port de Surate, dans le royaume de Guzarale, jusqu'à Goa, dans le beau pays de Decan, l'un des plus riches de l'Asie; et par suite de leurs fréquentes incursions ils étaient parvenus à laisser un de leurs chefs, Zeïde-Abinder, dans la ville d'Orixa, où il s'établit après en avoir chassé le nabas, dont il occupa le trône. Pendant dix ans il y régna en paix; et lorsqu'il mourut, Zeïde, son fils, lui succéda, non qu'il fût aimé, mais il était craint, et il sut, comme son père, se faire obéir. Car doutant qu'il pût y parvenir, il sollicita des secours du souverain des Marattes. Celui-ci fit aussitôt partir une colonie nouvelle, qui parvint à contenir les habitans d'Orixa, qui prétendaient se révolter.

Le roi d'Orixa était devenu redoutable à ses voisins.

La guerre avec des brigands est toujours funeste; et c'est parce qu'ils sont redoutés, que leur pouvoir augmente. Le peuple, qui a pu se laisser subjuguer, mérite de porter des fers. Si les habitans du royaume d'Orixa eussent montré plus de courage, cette horde d'étrangers n'eut jamais pu faire la conquête de leur pays; mais ils furent faibles et même insoucians; le farouche Abinder triompha facilement, et laissa son fils Zeïde paisible possesseur d'un trône qu'il avait usurpé.

Les menaces que ce dernier fit faire à Sigisgan eurent promptement leur effet. La guerre fut déclarée, et chacun des habitans du royaume de Golconde voulut y prendre part, et prouver au souverain qui les gouvernait, et son amour et sa reconnaissance.

Une armée considérable est mise aussitôt sur pied. Tous les citoyens briguent à l'envi l'honneur d'être soldats. C'est le roi qu'ils veulent défendre, en défendant leur patrie. Plus d'une fois il les avait conduits à la victoire contre les Tartares de la Chine, qui voulaient s'emparer des côtes de Coromandel. Ils avaient été chassés ignominieusement dans les premiers temps du règne de Sigisgan. Depuis cette époque, la paix et le bonheur avaient fixé leur séjour dans le royaume de Golconde; mais l'orgueil, l'ambition et l'amour du roi d'Orixa vinrent troubler momentanément la sécurité dont on jouissait. Si la guerre a ses périls, elle a de même sa gloire; el[illegible] [illegible]t funeste aux vaincus, je le sais, et bien coûteuse aux vainqueurs; car souvent leurs lauriers sont accompagnés de noirs cyprès. Mais lorsqu'elle a été commencée pour défendre son indépendance, elle est juste; et tout sujet qui ne soutient point les intérêts de son pays, doit perdre à jamais le titre de citoyen.

Pénétrés de cette maxime si révérée par les anciens peuples, les Indiens qui composaient celui du royaume de Sigisgan, furent prêts au premier appel. C'était à qui marcherait sous les étendards d'un prince adoré.

Ce fut dans cette guerre que le fils de dom Carlos fit ses premières armes.

Les habitans de l'Indostan sont très-pieux. Ils ont pour le grand Bramine, chef de leur religion, un respect égal à celui qu'ils portent à leur souverain.

Leur confiance en leur dieu est si grande, que, lorsque le saint ministre a prononcé sur un point important, tel que la guerre ou l'innovation de quelques lois, ils sont convaincus de la légitimité de l'une ou de la bonté de l'autre. Ils se soumettent sans la moindre résistance, et volent avec un courage héroïque au devant des armées ennemies.

Les troupes de Zeïde-Binder avançaient avec une rapidité étonnante. Ils étaient près d'entrer sur le territoire du royaume de Golconde, quand ils trouvèrent une résistance inattendue.

Un peuple qui fait cause commune avec son chef, se lève tout entier; et s'il n'est point aussi nombreux que celui qui l'attaque, il se trouve néanmoins plus fort que son adversaire, surtout si ce dernier est en proie à des divisions.

Le souverain d'Orixa avait un grand nombre de soldats, mais peu de guerriers.

Il s'était montré rebelle aux avis de son conseil, à celui du chef des Bramines, qui condamnait la guerre. Ils la trouvaient injuste et capable d'entraîner après elle les plus grandes calamités.

Il n'avait tenu aucun compte des sages représentations, des suppliques même qu'on lui avait adressées; et n'écoutant que sa volonté, il était parti d'Orixa, à la tête de ses soldats, dont plusieurs ne marchaient que malgré eux, car ils étaient divisés.

Sigisgan au contraire s'était vu contraint d'arrêter l'élan de ses fidèles sujets; s'il ne l'eût fait, il ne fût pas resté dans ses états d'autres hommes que les vieillards incapables de porter les armes, ou de soutenir les fatigues de la guerre.

Le jour où Sigisgan abandonna sa capitale, le temple du divin Brama fut ouvert pour les Indiens, comme au jour des grandes solennités. Là, tous réunis et prosternés devant l'autel où l'on présentait les sacrifices, ils priaient le Dieu de l'Indostan de bénir les armes des braves qui allaient partir.

Le temple était situé au milieu d'une place immense, sur laquelle l'armée entière s'était assemblée. C'était dans ce lieu, et en présence du monarque, qne ce peuple de vaillans soldats avait fait preuve de son dévouement. C'était là qu'on avait vu les femmes rivaliser d'enthousiasme, présenter elles-mêmes des arcs et des flèches à leurs maris, à leurs fils, et les nommer d'avance les sauveurs du roi, de sa fille et de la patrie. Quel spectacle que celui d'un peuple qui chérit sa liberté!

De jeunes Indiennes, belles de leur seize ans, fraîches comme la rose du Bengale, dont elles composaient leurs parures, le cœur brûlant d'amour, les yeux humides de larmes, détachaient avec précipitation les chaînes dont leurs cols étaient ornés, pour les offrir à leurs amans.

Dons flatteurs de l'amour ! ils causent autant d'ivresse à celles qui les font qu'à ceux qui les reçoivent !

Qui n'eût été ému en entendant ces heureuses filles de la nature redire presque toutes ensembles : Qu'ils sauvent la patrie ! ils seront dignes de nous ; mais s'ils revenaient en ces lieux pour nous apporter la triste nouvelle de la victoire de nos ennemis, ah ! qu'ils fuyent à jamais la terre qui les a vus naître ! qu'ils n'y reviennent plus : elle ne doit produire que des ronces et des épines pour ceux qui ont été assez faibles pour la laisser fouler par des pas étrangers.

On ne peut se former qu'une idée imparfaite de la joie qu'éprouvait Thamar, qui devait accompagner Sigisgan, et se battre à ses côtés.

O mon père ! lui avait-il dit en couvrant une de ses mains des pleurs de la reconnaisance, je vais donc commencer une carrière que je veux rendre glorieuse, imiter tes nobles actions, prévenir les dangers qui pourraient te menacer, électriser par ma courageuse audace les soldats que tu commandes; me montrer, en un mot, le soutien de ton trône, comme tu as été celui de ma faible enfance; voilà le but que Thamar veut atteindre. Heureux mille fois si le sacrifice de sa vie entière pouvait prolonger la tienne!

La reine Zénobie et la princesse Nirzaël ne sortaient plus de l'enceinte du palais, qui était situé hors de la ville et soigneusement gardé.

Sigisgan alla embrasser son épouse et sa fille, et emmena avec lui son jeune guerrier. Il y avait plus de trois mois que les deux aimables enfans ne s'étaient vus.

La mère de Nirzaël, aussi prudente qu'elle était sensible, n'avait point voulu que sa fille se trouvât trop souvent avec son ami, son frère. (Tels étaient les noms que la belle Nirzaël donnait à Thamar.) Elle craignait que l'amour venant à prendre trop d'empire sur leurs âmes, ne finît par les détourner de leurs devoirs.

Si l'amour fut souvent l'aiguillon de la gloire, si nous lui devons des héros, combien est-il de guerriers dont il a détruit l'audace et le courage!

Samson fut séduit par Dalila, et perdit en un seul instant le fruit de ses victoires sur les Philistins. Hercule, vainqueur de tant de monstres, après avoir fait des actions immortelles, fut vaincu par l'amour; et le plus vaillant des héros changea sa massue contre une quenouille, et la peau du lion de la forêt de Némée, pour les habits d'une reine de Lydie, aux pieds de laquelle on le vit lâchement filer.

Zénobie voulait que celui qu'elle destinait à être l'époux de sa chère Nirzaël, fût un véritable guerrier ; qu'il sût unir aux talens militaires les sentimens de la soumission qu'il devait à ses parens adoptifs, soumission dont l'habitude lui serait indispensable à l'armée. Mon fils, lui avait-elle dit plusieurs fois, pour savoir bien commander, il faut apprendre à obéir. Tu es aujourd'hui le premier sujet des états de Sigisgan ; il faut que tu sois un modèle de toutes les vertus. Le plaisir que tu trouves dans ma société, dans celle de la princesse ma fille, est trop vif pour qu'il puisse laisser le calme dans ton âme ; tu ne pourrais bientôt plus te livrer à l'étude de nos lois, à la pratique de tes devoirs. Ce n'est que par le travail et la réflexion, que l'on devient un grand homme ; et pour régner sur ses semblables, il faut être sans reproche. D'ailleurs, avait ajouté Zénobie, ce n'est que dans quatre années que tu dois être uni à Nirzaël; ainsi, jusqu'à l'époque où elle commencera son dix-huitième printemps, tu ne viendras que rarement à ce château, où je veux rester avec ma fille.

Cet ordre donné avec amitié, fut reçu de la part de Thamar avec une véritable douleur; mais comme il avait un esprit juste, il trouva que la mère de Nirzaël avait raison; et l'espoir de la double récompense qui lui était promise, la main de la princesse et le trône de Golconde, méritant bien ce qu'on exigeait de lui, il mit tous ses soins à se rendre digne de l'un et de l'autre.

Lorsqu'il alla avec le monarque saluer la reine, il y avait trois mois, comme nous l'avons dit, qu'il n'avait vu Nirzaël.

L'air de la campagne et beaucoup d'exercice, avaient donné à cette charmante enfant une santé parfaite. Elle était grandie au point d'étonner Thamar.

A la vue de son frère bien aimé, Nirzaël courut, avec une vivacité naturelle à son âge, se précipiter dans ses bras; mais comme si son action eût été répréhensible, elle s'en arracha pour retourner promptement dans ceux de sa mère.

Bientôt la pensée des dangers que son père allait courir, lui fit verser des larmes. Quelques-unes peut-être étaient pour Thamar, qui cherchait à la rassurer en lui disant : O ma Nirzaël ! ton père n'est-il pas mon souverain, mon bienfaiteur? Ces deux titres sacrés animeront mon courage, et je saurai braver la mort, pour en préserver le vertueux Sigisgan.

Le monarque, après être resté quelques heures avec son épouse et sa fille, retourna à Golconde.

Les adieux des deux jeunes gens furent tendres, mais sans faiblesse. Nirzaël cacha soigneusement quelques pleurs qui s'échappèrent de ses yeux. Quant à Thamar, il montra une fermeté à laquelle on ne s'était point attendu.

Quoique son cœur fût vivement agité, il retint jusqu'aux soupirs qui voulaient s'échapper, fléchit le genoux devant [illegible], et la conjura de le bénir.

Ô ma souveraine! lui dit-il, ô ma mère! veuillez me donner votre bénédiction. Elle deviendra une égide protectrice pour votre fils adoptif. Ah! pendant que nous allons combattre les ennemis de ce royaume, vos prières nous obtiendront la victoire. Le Dieu de ces heureux climats, et celui que moi-même j'adore, nous accorderont la paix et le bonheur.

Thamar, reçu par les Indiens, conservait toujours dans son cœur les principes de la religion qu'il tenait de ses parens, et dont son vertueux gouverneur lui avait démontré la bonté. Mais vivant à la cour de Golconde, il ne pouvait se dispenser d'accompagner le monarque, lorsqu'il allait au temple de Brama.

Nirzaël lui présenta des armes magnifiques, lui recommanda son père; et après lui avoir donné le baiser d'adieu, elle s'éloigna avec la reine Zénobie, et alla dans son appartement, où il lui fut permis de répandre des larmes, qu'elle s'était efforcée de retenir.

Laissons la mère et la fille se livrer à la juste douleur que leur cause le départ des êtres qui leur sont chers, et retournons au royaume de Mujac, où nous avons laissé Florestan et le comte Fernando, qui se trouvaient réunis sans qu'ils se fussent encore reconnus.

CHAPITRE XXI.

Florestan, monté à bord du navire sur lequel était le chef de l'escadre espagnole, se félicitait déjà du succès de sa négociation, et concevait de plus la douce espérance de pouvoir bientôt retourner dans sa patrie ; mais il eut le bonheur de ne point se faire connaître de Fernando, qui, ne l'ayant vu que lorsqu'il l'avait fait arrêter par l'Inquisition, ne se rappelait aucun de ses traits.

Pour maintenir encore l'erreur dans laquelle était Florestan, son ennemi avait changé de nom.

Philippe IV croyant récompenser un ministre fidèle, avait donné à celui-ci les titres du duché de Braga, un des plus beaux du royaume de Portugal, et l'orgueil avait porté Fernando à en prendre le nom ; ainsi le chef de l'expédition maritime n'était plus appelé par les marins que le duc de Braga.

Arrivé à la côte près de laquelle était située la capitale de Mujac, Florestan débarqua, et alla rendre compte au souverain du succès de son ambassade ; mais il le pria de ne point faire connaître qu'il était Portugais.

Attendons, lui dit-il, mon prince, que nous soyons instruits des différens événemens qui peuvent avoir eu lieu dans ma patrie depuis l'instant où je me suis vu contraint de l'abandonner ; peut-être le duc de Braga, qui me paraît un homme d'honneur, nous apprendra-t-il ce que j'ai tant d'intérêt à savoir.....

Cet avis fut trouvé bon par Aliassin, qui était si content de la conduite de Florestan, qu'il suffisait que celui-ci lui demandât quelque chose pour qu'il l'obtînt aussitôt.

Le souverain se chargea lui-même de faire plusieurs questions qui auraient rapport à quelques familles de l'Espagne et du Portugal, dont Flotestan lui avait appris les noms, afin de l'amener naturellement à parler de l'illustre maison des dom Carlos.

On se disposa à recevoir magnifiquement tous ceux qui faisaient partie de la flotte.

Le comte Fernando fut accueilli avec autant de respect que l'eût été le roi d'Espagne.

Deux jours entiers se passèrent en fêtes. Le troisième, Aliassin donna un repas où furent invités les principaux officiers qui accompagnaient le chef de l'escadre, tandis que tous les gens, tels que soldats, matelots, se trouvaient répandus dans la ville, et s'y livraient à la joie.

A la fin du repas que donnait Aliassin aux étrangers, ayant son jeune ministre à côté de lui, ce prince fit tomber la conversation sur l'illustre maison de Bragance, qui jadis avait régné en Portugal; puis sur dom Carlos, dont il plaignit les malheurs. La renommée, ajouta-t-il, a porté jusqu'ici le bruit des exploits de ce vaillant guerrier. Il jouit sans doute encore de la faveur de Philippe IV, dont il a soutenu le trône?

Vous n'avez donc aucune connaissance des événemens qui se sont passés depuis plusieurs années? demanda le comte Fernando. — Non, seigneur. — Eh! bien, la famille de dom Carlos est à jamais perdue; et ce guerrier, dont vous ne connaissez que les exploits, a trahi Philippe, et payé de sa vie un crime qui ne doit point trouver de grâce. On peut, reprit Florestan, avoir calomnié le généralissime. Les rois sont souvent trompés. — Non, il était trop criminel; cependant il n'est mort que civilement, puisqu'il a trouvé les moyens de s'échapper; mais si jamais on parvient à découvrir sa retraite, il subira, n'en doutez point, le châtiment dû à son forfait.

La vivacité, l'emportement même, qu'il fit paraître en prononçant ce peu de paroles, furent remarqués de Florestan. Des idées confuses se présentèrent à son imagination, et tout semblait lui dire : tu vois devant toi l'ennemi implacable de ton repos.

Il porta de nouveau, sur l'envoyé de Philippe, des regards scrutateurs, et crut retrouver en lui des traits de ce Fernando, dont la seule pensée excitait en lui le désir de la plus légitime de toutes les vengeances. Néanmoins il n'osait s'arrêter à cette idée, que le titre de duc de Braga semblait détruire entièrement.

Pour éclaircir un doute aussi cruel, Florestan eut recours à la ruse, à la flatterie, à laquelle un courtisan n'est jamais insensible.

Si Philippe s'est vu contraint, ajouta-t-il, de sévir contre le premier de ses généraux, il lui reste, dit-on, un homme d'un grand mérite, qu'il doit avoir élevé, sans doute, aux premières dignités de l'Etat. — De qui voulez-vous parler? demanda le duc. — Eh quoi! le nom du noble comte Fernando vous serait il inconnu? Et serait-ce aux habitans du royaume de Mujac à faire ici l'éloge d'un des grands hommes de l'Espagne? — Et par qui avez-vous entendu parler de lui? — Par un Espagnol, qui pendant deux ans fut ici en esclavage, et dont la bonté du vertueux Aliassin a daigné briser les fers. Suivant les récits de cet homme, Fernando mérite l'admiration générale.

Le comte se retourna vers les officiers de l'équipage ; et par un de ces sourires qui paraissent vouloir dire : je suis, vous le voyez, digne de tous vos respects, il témoigna la joie qu'il éprouvait.

Le monarque a récompensé le comte Fernando, dit un capitaine de vaisseau, puisqu'il l'a nommé chef de l'escadre qui devait venir ici.

Oui, reprit Fernando, et c'est encore à sa bonté que je dois le titre de duc de Braga.

Florestan frémit de colère; mais il eut la prudence de la dissimuler.

Mais, demanda le souverain de Mujac, qu'un regard de son ministre venait d'instruire que c'était l'assassin de dom Carlos qui était devant lui, quel était donc ce Florestan qu'avait élevé le général Spinola, et qu'il avait l'intention de placer à la cour de Philippe? — Qui donc vous a donné de telles notions sur ce qui s'est passé en Espagne? reprit Fernando. — Je vous ai déjà dit que j'avais vu ici un prisonnier. — Où est-il? — Dans Mujac même. Le monarque lui a rendu la liberté; mais il ne l'a point acceptée. — Pourrai-je le voir? — Oui, seigneur, demain le roi lui permettra de paraîtra devant vous. Il prononça ces derniers mots avec un ton qui fit trembler le comte.

Au même moment on vint avertir le monarque qu'un bâtiment portugais venait d'entrer dans le port, que le capitaine envoyé par Philippe IV, lui demandait un entretien particulier.

Fernando quitta Aliassin et retourna promptement à son palais, où déjà son premier secrétaire l'attendait.

Seigneur, lui dit il dès qu'il l'aperçut, je ne sais ce qui peut se passer d'extraordinaire dans la rade; mais l'ancien amiral, le marquis de la Toréda, vient d'arriver. Le vaisseau qui l'a amené portait au moins six cents hommes de troupes. J'étais sur le port au moment où ils ont débarqué. J'ai entendu des propos qui m'ont fait frémir. Il paraît que vous avez été dénoncé pour l'affaire de dom Carlos. On parle aussi d'un nommé dom Sanche, d'un certain Florestan, et je crains que le marquis ne soit porteur de l'ordre de vous faire arrêter. Ah ! j'ai bien peur que notre projet de fomenter dans Mujac une révolte qui devait vous mettre à même d'en chasser le souverain, ne puisse avoir son exécution. Vous ne me répondez point, continua le secrétaire; cependant le péril est peut-être imminent.

Le marquis de la Toréda est ici, dis-tu? — Oui, seigneur, et je crois que déjà la flotte qui est sous votre commandement a reçu quelque impression funeste; car ceux qui la composent parlent de vous avec peu de respect. Je suis monté à bord des vaisseaux, et je ne suis pas satisfait du ton qui y règne. Croyez-moi, ne laissons point éclater l'orage ; n'attendons pas que la fuite nous soit impossible ; profitons du peu d'ascendant qui vous reste sur les gens du vaisseau amiral, et cinglons promptement vers une contrée où votre nom ne soit point parvenu.

Eh quoi ! Fabricio, dit le comte, toi toujours si courageux, tu parles de fuir ! —Si je trouvais un autre moyen, je ne vous proposerais point celui-ci. Croyez-moi, ou nous sommes perdus.

Les vents me semblent favorables pour gagner les côtes du Malabar. Là du moins nous serons en sûreté, puisque nous y paraîtrons sous la qualité de marchands.

Les circonstances semblaient leur être favorables. La rade du port de Mujac a près d'un quart de lieue, et le vaisseau amiral était distant des autres de plus de cent brasses, ce qui pouvait favoriser leur départ clandestin.

Ce que proposa Fabricio fut combattu par le comte ; mais enfin l'adroit secrétaire lui ayant démontré tous les dangers qu'il courait, il finit par consentir à se mettre nuitamment en mer.

Toute la richesse de la flotte était sur l'amiral, et Fabricio avait le désir de s'en approprier une partie.

Afin de réussir à se mettre en sûreté, Fernando ne retourna point au palais qu'Aliassin lui avait donné pour asile. Il se rendit au vaisseau, feignit d'avoir reçu des ordres secrets de la cour d'Espagne pour un prompt départ, qui devait s'effectuer nuitamment, afin, disait-il, d'échapper à la perfidie du souverain de Mujac, qui voulait s'emparer de leurs bâtimens et les réduire à l'esclavage.

Son discours, qu'il rendit aussi éloquent qu'il était persuasif, produisit tout l'effet qu'il en attendait.

La nuit allait étendre ses voiles sur la vaste étendue des eaux; le ciel était sans nuages, et les étoiles scintillaient déjà au firmament, et semblaient, au défaut de l'astre du jour, prêter leur faible lumière à ceux qui voguaient sur les mers.

Le comte Fernando, après avoir endoctriné les gens de l'équipage, et particulièrement le patron, qui s'entendait avec Fabricio, fit lever l'ancre. Le vent enfla bientôt les voiles, et l'amiral était déjà à plus de trente lieues en mer quand le reste de la flotte s'aperçut de son départ.

Ne pouvant en deviner la cause, et présumant qu'elle était même ignorée du duc de Braga, les principaux officiers qui avaient couché dans les différens bâtimens se rendirent, au point du jour, au palais de leurs chefs, au moment où le monarque y entrait, accompagné du marquis de la Toréda, pour arrêter enfin le criminel duc de Braga, qui, depuis plus de dix années, faisait tant de malheureux.

Les ordres de Philippe étaient précis; il les avait donnés dès le jour où les crimes de son favori étaient parvenus à sa connaissance.

A l'instant un vaisseau qui était en rade avait mis à la voile pour courir sur l'amiral; mais celui-ci ayant eu trente-six heures d'avance, le bâtiment que montait le marquis ne put l'atteindre.

Les domestiques qui étaient chargés du service du palais dirent que le duc de Braga n'y avait point couché. Ce récit se rapportant parfaitement avec les soupçon que l'on avait sur cet homme abominable, on se rendit aussitôt sur la rade, et l'on fut assuré de la vérité de ce que venaient de dire les officiers des différens équipages.

Le marquis de la Toréda fit connaître les pouvoirs dont il était porteur, ainsi que l'ordre d'arrêter le duc.

On se disposa à faire partir de suite, pour le mettre à exécution, mais tout-à-coup les vents cessèrent. Un calme plat qui dura plus de trois jours, et fut suivi d'une tempête, s'opposa à ce qu'on pût faire aucune espèce de tentative pour atteindre le coupable qui enlevait par sa fuite de grandes richesses, et notamment beaucoup de diamans, présent que lui avait fait Aliassin dès le premier instant de son arrivée à la cour de Mujac.

Florestan, après tant de longues infortunes, vit luire enfin pour lui l'aurore d'un beau jour. L'innocence de dom Carlos était reconnue. Celui-ci n'avait point subi son jugement. Il avait donc lieu d'esperer que son bienfaiteur existait encore; qu'il le retrouverait, et que sa chère Célina serait encore dans le monastère, où en présence du ciel il lui avait juré une fidélité inviolable.

Pendant l'automne et l'hiver que la flotte resta devant Mujac, on apprit que les intentions du duc avaient été de porter les habitans à la révolte, et de s'emparer en son propre nom de la puissance souveraine, qu'il devait assurer par la mort du roi et par celle de son ministre favori.

On obtint ces renseignemens par quelques matelots, à qui il avait promis de grandes récompenses, lorsque le succès aurait couronné son entreprise.

Six mois s'écoulèrent sans que Florestan pût retourner dans sa patrie. Il les trouva bien longs, tant il avait d'impatience de revoir sa chère Célina, et de voler à la recherche de dom Carlos.

Enfin son départ fut fixé au vingt mars. Il va voir commencer un nouveau printemps sous les plus heureux auspiccs. Peut-être, se disait-il, que le sort est las de me persécuter, puisqu'il vient encore de me permettre d'échapper aux infâmes projets de mon ennemi.

Comblé des bienfaits d'Aliassin, de l'estime et de la reconnaissance des sujets de ce bon prince, Florestan quitta la Caffrerie, non sans verser quelques pleurs, en voyant couler ceux d'un monarque qu'il aimait sincèrement.

Sans l'amour qu'il portait à Célina, et l'attachement qu'il avait voué à dom Carlos, il fût reste à la cour de Mujac, dans laquelle il avait trouvé un asile, des vertus et un véritable ami.

Son voyage maritime fut des plus heureux. Il arriva après vingt sept jours de navigation au port de Lisbonne.

La nuit qui précéda son débarquement, avait été sombre. Avec quel plaisir il vit venir le jour qui allait lui permettre de découvrir une ville où respirait tout ce qu'il aimait !

C'est dans les prisons inquisitoriales de Lisbonne, qu'il a commencé à connaître le malheur ; mais quand il pense que c'est aussi dans le même pays qu'il a reçu la foi de Célina, son cœur bat avec force, et ses longues infortunes sont presque toutes oubliées.

En sortant du vaisseau, il court au monastère de la Santa-Maria, où il espère trouver sa bien-aimée ; mais il n'y voit que sa tante, et apprend que celle qui peut seule faire sa félicité est allée demeurer au château de la Riche-Colline, afin d'y surveiller la régie des biens de dom Carlos ; mais qu'on ignore entièrement ce qu'est devenu ce dernier.

Il retourne promptement à son vaisseau, en fait enlever les présens immenses qu'Aliassin l'a contraint d'accepter. Ils consistaient en or, diamans, en une quantité prodigieuse d'ivoire, de riches étoffes d'or, de soie et de coton.

Il fit porter le tout chez dom Mathias : cet homme estimable, qui était resté l'ami et le protecteur de Célina, reçut Florestan avec un plaisir extrême, qui était bien partagé par son aimable épouse; et à peine les premiers transports furent-ils passés, que l'impatient Florestan voulut partir pour le château de la Riche Colline.

La journée est trop avancée, lui dit dom Mathias; demain vous irez, mon épouse vous y accompagnera.

Demain! répond l'impétueux jeune homme, y pensez-vous? quand il s'agit du bonheur de ma vie... Revoir Célina, tomber à ses pieds, y mourir de joie....

— Mon ami, calmez ce transport. Plus vous aimez cette femme charmante, et plus il faut prendre de précaution pour la prévenir de votre retour. Depuis que vous l'avez quittée, elle n'a reçu de vous aucune nouvelle. Elle croit que vous n'existez plus.... J'étais encore ce mâtin à la Colline, elle m'a parlé de vous comme de quelqu'un dont elle conservera le souvenir jusqu'au dernier moment, mais qu'elle n'a plus l'espérance de revoir. "

Florestan s'aperçut que ses généreux amis se regardaient mutuellement et avec inquiétude. Il vit même des pleurs qui humectaient leurs paupières. Un froid mortel s'empare de tous ses membres; il ne peut plus parler, ses regards seuls semblent les interroger encore.

Son imagination s'exalte. Un doute affreux l'agite; Célina a peut-être formé des nœuds indissolubles. Elle me croyait mort, se dit-il; et les sermens de fidélité qu'elle m'a faits plusieurs fois auront été oubliés.

Il tomba dans un fauteuil, et demeura comme si la foudre venait de le frapper. Un moment après il se releva.

O mon Dieu! répéta-t il plusieurs fois, tu n'es point las de mes longues infortunes! Il fallait, pour y mettre le comble, que la cruelle me réduisît au désespoir.

Dom Mathias ne concevait point comment il se livrait à une douleur si vive, puisqu'il ne lui avait point encore appris le triste motif qui causait la sienne et celle de son épouse.

Bientôt Florestan le mit au fait de tout ce qui se passait dans son âme.

La perfide! s'écria t-il, je ne vis plus dans son souvenir, un autre a sa foi. Ah! pourquoi la mer ne m'a-t-elle point englouti! Je serais mort moins malheureux ; je n'aurais point connu son infidélité ; je ne saurais point que la plus adorée des femmes en est aussi la plus ingrate. Ah ! tous les tourmens que j'ai soufferts dans les prisons inquisitoriales, n'ont jamais égalé ceux que je ressens aujourd'hui.

Il parlait avec une telle volubilité, un tel emportement, qu'il avait été impossible à dom Mathias de lui démontrer toute son injustice.

Malheureux jeune homme, lui dit dom Mathias, revenez d'une erreur qui ne mériterait aucun pardon, si vous étiez moins tendrement chéri. Hélas ! cette aimable Célina que vous accusez, cette fille charmante, qui porte l'amour jusqu'à l'héroïsme, vous a conservé la foi qu'elle vous a donnée ; pour vous rester fidèle, elle a refusé les plus brillans partis ; et l'état affreux où la réduit le chagrin de vous avoir perdu, nous fera bientôt verser des larmes qui devront être éternelles. C'est vous dire que la sœur de dom Carlos est aux portes de la mort; voilà ce que nous n'osions vous dire. Il ajouta : Mon ami, je n'ai plus que fort peu d'espoir. Je l'ai quittée ce matin, et j'allais repartir quand vous êtes arrivé, continua-t-il; car je veux veiller encore cette nuit auprès d'elle.

Si demain elle est en état de m'entendre (car depuis trente-six heures elle ne conserve plus de connaissance); si, dis-je, demain......

Non, répond Florestan, non, je n'attendrai pas une minute. Je pars avec vous, ou sans vous; rien ne saurait m'arrêter. Il faut que je la voie; et si, quand j'arriverai à ce château où j'ai passé les plus beaux instans de ma vie, celle qui seule pouvait me la faire chérir, n'existe plus, ce fer me réunira à elle, et le même tombeau sera notre dernier asile.

Dom Mathias ne put se refuser au désir de l'amant de Célina ; et tous deux montés sur de bons coursiers, ils sortirent de Lisbonne, et en moins de deux heures ils eurent franchi les six lieues qui séparaient la ville du château de dom Carlos.

Il faut avoir tremblé pour les jours de quelqu'un qui nous est cher, pour se former une juste idée des souffrances que dut éprouver Florestan lorsqu'il piquait avec violence les flancs de son cheval, qui, bien qu'il allât au plus grand galop, ne pouvait encore le satisfaire.

Enfin ils sont à la porte du château, ils y entrent, et mettent pied à terre. Aucun des gens qui sont attachés au service de Célina ne reconnaît Florestan, qui croit lire son malheur sur toutes les physionomies, et n'ose faire une seule question, dans la crainte de recevoir une réponse fatale.

Une femme est dans l'antichambre ; elle s'approche de dom Mathias, et lui dit : N'avancez point, elle dort, et le moindre bruit pourrait détruire un sommeil qui peut-être lui sera salutaire, et qui ne dure que depuis deux heures. Elle a eu, continua Anna (car c'était elle), un moment de connaissance ; elle m'a appelée, et je me suis empressée d'aller près de son lit.

Mon amie, m'a-t-elle dit, où est Florestan ? Comme elle m'a fait plusieurs fois cette question depuis sa maladie, je lui ai répondu, comme je fais ordinairement : *Il va bientôt revenir*. Eh bien ! donne-moi son portrait, cette image adorée, que je la pose sur mon cœur. Mes yeux, a-t-elle ajouté, sont appesantis ; il y a si long-temps que je n'ai goûté les douceurs du sommeil !

Je lui ai présenté le portrait sur lequel elle a attaché un moment ses regards ; ensuite elle l'a posé sur son cœur, en me disant : Si je ne me réveillais point, ne t'afflige pas, je te reverrai dans un monde meilleur. Aussitôt ses yeux se sont fermés, je suis restée près de son lit, et son sommeil a toujours été tranquille, comme l'est celui d'une personne qui jouit de la meilleure santé.

Tandis que la bonne Anna parlait à dom Mathias, le malheureux Florestan s'était avancé doucement vers la porte de l'appartement où était Célina. Il avait aperçu celle pour qui il eût voulu donner sa vie, et s'était agenouillé pour prier le ciel de la rendre à son amour.

Son ami le fit relever, et le força de revenir dans la première pièce.

Si elle venait à se réveiller, lui dit-il, et qu'elle vous aperçût, la révolution qu'elle éprouverait causerait sa mort. Il obéit en silence, mais en versant un torrent de larmes.

Il fallait les yeux d'un amant pour reconnaître Célina; cette femme si belle, si fraîche quand il l'avait quittée dans le parloir du monastère de la Santa-Maria, n'était plus que l'ombre d'elle-même, et paraissait avoir plus de quarante ans, quoiqu'elle n'eût cependant que vingt-trois années.

Le sommeil de Célina dura pendant dix heures; il était si profond, que plusieurs fois dom Mathias s'approcha du lit, pour écouter si elle respirait encore; mais il eut toujours soin d'en éloigner Florestan.

Enfin il était trois heures du matin, quand Célina s'éveilla; ses premières paroles furent celles-ci: Mon Dieu, veille sur eux, épargne leurs jours!

Dom Mathias la prit par la main, et trouva que la fièvre, dont elle était dévorée depuis quinze jours, avait entièrement cessé. Vous devez moins souffrir? dit-il à la malade. — Ah! oui, ma tête est plus fraîche, et mon cœur moins agité. Un repas paisible, un songe flatteur, dont le souvenir... mais, mon ami, ce n'était qu'un songe. Florestan... n'est plus... — Si je vous assurais qu'il existe encore, me croiriez-vous? vous devez savoir que vos amis n'ont jamais cherché à vous tromper. — Je le sais. — Eh bien, je vous jure sur l'honneur, que vous reverrez bientôt Florestan, et que déjà il est en Portugal.

Célina, les yeux fortement ouverts, écoutait attentivement, et n'osait proférer une seule parole, dans la crainte d'interrompre celui qui versait dans son cœur tant de consolation.

Oui, continua dom Mathias, j'ai vu moi-même celui que nous pleurions tous; je l'ai embrassé, et demain mon épouse vous l'amenera. — Ah! pourquoi serai je privée plus long-temps.... — J'ai craint qu'une émotion trop vive n'augmentât votre maladie...

Ah ! mon ami, le malheureux condamné à périr meurt-il en entendant prononcer le mot grâce ? D'ailleurs, je suis d'un calme qui ne peut vous laisser aucune inquiétude sur ma situation. Si vous ne m'abusez point, si votre intention n'est pas de perpétuer un songe qui m'a donné l'espoir du bonheur ; allez chercher Florestan, et croyez que sa vue ne peut que me rendre à la vie. — Eh bien ! je vais retourner à Lisbonne, et dans moins de six heures nous serons ici l'un et l'autre.

Célina fut tranquille, se fit apporter sa montre, qu'elle regarda avec une attention qui, pour tout autre, eût été fatiguante.

La bonne Anna était venue se placer à côté de son lit, et toutes deux parlèrent de Florestan :

Le pauvre amant, que la malade croyait être encore bien loin, jouissait du plaisir de la voir.

On l'avait introduit dans un cabinet voisin de la chambre de Célina, et delà il pouvait la voir et l'entendre.

Oh! comme son cœur battait! qu'il trouvait cruelle l'épreuve où l'on mettait sa patience! Quant à Célina, elle fixait alternativement ses regards sur le portrait de son amant, qu'elle tenait à la main, et sur la montre qu'Anna avait attachée au rideau de son lit.

Déjà la cinquième heure était écoulée, et Célina ne parlait plus; mais elle comptait attentivement les minutes.

Son appartement donnait sur une terrasse élevée qui dominait la route, et de son lit elle voyait dans l'avenue du château. Elle abandonna un moment la montre, et poussant un long soupir, elle dit : Ma chère Anna, il ne vient point! — Non, ma bonne maîtresse; car je le crois arrivé. Je viens d'apercevoir dans la cour un jeune nègre qu'il a ramené avec lui. — Mais tu as donc déjà vu Florestan! — Oui, et vous allez le voir, si vous promettez, à ceux qui vous sont si chers, de conserver le calme que vous avez montré depuis que vous savez qu'il existe. — Ah! je promets tout, mais ne différez point mon bonheur.

En ce moment, dom Mathias entra, en lui disant : Je suis de parole.

Florestan se jette au pied du lit, saisit la main qui lui est offerte, la couvre de baisers et de pleurs ; et pendant un moment, le silence le plus profond régna dans la chambre ; mais que ce silence avait de charme ! c'était l'emblême de l'enthousiasme du bonheur, d'un bonheur pur comme les cœurs qui le ressentaient.

Célina, qui depuis long-temps n'avait plus de larmes à donner à la douleur, en trouva pour la joie.

O mon ami! dit-elle, mon frère, je te

revois ! il est donc encore pour moi quelques beaux jours à espérer !

Quand on veut rendre des situations aussi délicieuses que celles où se trouvaient ces deux vertueux amans, on finit par en affaiblir le véritable mérite.

Huit jours de félicité rendirent à Célina, non pas une santé florissante, mais ils lui donnèrent une heureuse convalescence.

Mon ami, dit-elle à dom Mathias, tout semble m'annoncer que la mort, que j'ai souhaitée lorsque je croyais que Florestan n'était plus, s'est enfin éloignée de moi ; cependant je ne suis point encore sans quelque danger ; et je désire que mon hymen soit conclu promptement. Si le ciel permet que je vive, Florestan, mon époux, pourra sans cesse rester auprès de moi, soutenir ma démarche chancelante. Si le contraire arrivait, tous les biens que je possède seraient les siens, sans que personne pût l'inquiéter.

Deux jours après, le mariage fut célébré par le chapelain du château.

Célina fut encore pendant plusieurs mois dans un état qui, sans être éminemment dangereux, ne laissait qu'un avenir fort incertain.

Les maladies causées par les chagrins sont les plus longues, surtout lorsque le principe n'en est point totalement détruit. Célina possédait son amant; il était devenu son époux, mais elle regrettait dom Carlos et son fils, cet enfant qu'elle chérissait, comme si elle eût été sa mère.

Enfin les tendres soins de son époux, les consolations de ses amis, la douce espérance de revoir un jour des êtres chéris, et plus que tout cela, la force de la jeunesse firent disparaître toute espèce d'inquiétude.

Il y avait trois mois que Célina était

l'épouse de Florestan, lorsqu'on célébra solennellement leur mariage dans la chapelle du château. Les habitans de la Colline la Riche y assistèrent ; mais l'argent qu'eût pu coûter la noce, fut distribué aux indigens. Les jeunes mariés se persuadèrent qu'il était impossible qu'on se livrât à la joie dans un château dont le maître était peut-être errant dans quelque climat éloigné, et manquant sans doute du stricte nécessaire.

Florestan, en pensant à cet illustre et malheureux guerrier, éprouvait un autre sujet d'inquiétude. Fernando, cet homme abominable, qui ne pouvait plus reparaître, ni en Espagne ni en Portugal, ne pouvait-il pas se trouver dans les lieux où dom Carlos s'était réfugié ?

Comme le coupable ministre avait su échapper à la juste vengeance des lois, et que le vaisseau sur lequel il était renfermait des richesses immenses, tant en or qu'en diamans, qu'il avait reçus à la cour de Mujac, et qu'il possédait, en outre, des pouvoirs de Philippe IV, qu'on n'avait pas eu le temps de lui reprendre, il pouvait faire beaucoup de mal à son ennemi, s'il venait à le rencontrer.

Au milieu de la joie qu'il éprouvait d'être enfin rendu à son amante, à sa patrie, Florestan ressentait souvent l'aiguillon de la plus vive douleur; mais il avait soin de la cacher à son épouse, qui, parfaitement rétablie, était sur le point de recevoir le doux nom de mère.

CHAPITRE XXII.

Les grands criminels sont quelquefois long-temps heureux, et leurs succès prolongés sembleraient devoir accuser le ciel, si la justice, dont la marche est lente, mais toujours certaine, ne parvenait à les atteindre.

Le duc de Braga, reconnu pour le comte Fernando, avait quitté le port de Mujac, comme nous l'avons déjà dit.

Les vents, favorables pendant huit jours, le portèrent près des côtes de Malabar.

Il n'en était plus qu'à deux journées, lorsque son équipage se révolta.

Fabricio, son secrétaire, était aussi scélérat que lui; il se concerta avec le pilote et les matelots; et ne voulant point cependant se souiller d'un crime inutile, ils se décidèrent à le conduire près d'une île qu'ils avaient aperçue dans le lointain.

Ce fut inutilement que le comte Fernando voulut parler en maître ; on le méprisait, on ne l'écouta point.

Il implora la pitié de Fabricio ; mais celui-ci lui dit avec arrogance, qu'il n'obtiendrait rien. Vous n'avez pas eu pitié, ajouta-t-il, de dom Carlos, ni de sa malheureuse famille ; vous saviez bien que ce vaillant guerrier n'était point un conspirateur, et cependant vous l'avez fait condamner à la mort.

Nous sommes les vengeurs de tous les malheureux ; vous apprendrez au moins, par vos propres infortunes, à compâtir aux peines des autres, et vous serez dans l'impossibilité d'en causer de nouvelles à vos semblables.

Fabricio fit mettre dans une chaloupe quelques vivres et des armes, afin qu'il pût aller à la chasse, en cas que le coin de terre sur lequel on allait le débarquer produisît du gibier.

Comme Fernando ne voulait point sortir du vaisseau, on le lia pour le descendre dans la chaloupe, et six matelots se chargèrent de l'y conduire, tandis que le vaisseau restait en station; car les vents avaient totalement cessé.

La petite île où l'on conduisait le ci-devant ministre de Philippe IV, se trouvait à trois cents toises environ du bâtiment; et en peu de temps, à force de rames, on atteignit la rive, qui était fort élevée.

On y débarqua le comte, et après des adieux dictés plus par l'ironie et le mépris, que par aucun sentiment d'humanité, on l'abandonna à lui-même et à ses remords, s'il était susceptible d'en éprouver.

La mer, qui était calme, ne permit

point au vaisseau de partir. Fernando eut la douleur de voir de loin ceux qui l'avaient si cruellement trahi, se livrer à la joie. Il leur tendait des mains suppliantes, pour les engager à venir le rechercher; mais tout devint inutile.

Ce fut dans ce terrible moment qu'il se trouva seul avec le souvenir de toutes les victimes qu'il avait faites.

Dom Sanche, Thérésia, toute la famille de dom Carlos, n'étaient-ils pas, pour sa conscience, autant de sujets de frémir? L'homme de bien, celui dont la vie a toujours été sans reproche, au milieu de la plus sombre solitude, peut s'occuper du bien qu'il a fait, de celui qu'il voulait faire, si on ne l'eût persécuté. En paix avec le ciel, il peut compter les heureux et les ingrats qu'il a faits. Sa grande âme jouit encore de quelque félicité, en pensant qu'il est des êtres qui lui rendent justice, qui gémissent sur son exil; et s'il n'espère point d'en voir le terme, il lève, sans effroi, les yeux vers la Divinité, dont il attend un jour sa récompense.

Le comte Fernando, en proie au plus violent désespoir, excédé non de besoin, puisqu'il avait des vivres au moins pour trois mois, mais de douleur, s'enfonça dans l'île, qui avait au plus deux lieues. Il en fit le tour et revint ensuite sur la rive.

Au bout de vingt-quatre heures, les vents redevinrent favorables; on leva l'ancre, et le criminel Fernando eut enfin la certitude de son malheur.

Parmi les effets qu'on lui avait laissés dans l'île, se trouvaient quelques chemises et deux habits de matelot. C'était là toute la fortune qui lui restait, et qu'il ne croyait pas lui être nécessaire; car il espérait que les premiers vaisseaux qu'il apercevrait, viendraient à son secours.

Il se persuadait que Fabricio lui avait

parlé de l'arrivée du marquis de la Toréda, afin de l'effrayer et de l'engager à se mettre promptement en mer, pour qu'il lui fût possible d'exécuter son projet contre lui; en conséquence il espérait, s'il pouvait retourner dans sa patrie, y jouir encore de sa fortune et de la considération de son souverain. Les provisions qu'on lui avait laissées diminuaient tous les jours. Il y avait déjà un mois qu'il était dans l'île, il pensa qu'il était de la prudence de ménager ses vivres et de se nourrir des productions de son domaine, qui consistaient en oiseaux et en quelques fruits secs encore suspendus aux arbres. Il trouva aussi sur la rive des œufs de tortues et quelques autres espèces de coquillages, que le besoin lui fit trouver excellens.

Il avait eu soin de se former une espèce de retraite composée de branches d'arbre.

C'était là qu'il passait les nuits ; c'était là que le souvenir de ses crimes venait troubler son sommeil, ou rendre ses songes affreux.

L'automne et l'hiver ne sont pas très-favorables à la navigation ; et pendant six mois consécutifs, il ne vit que son île, le ciel et l'eau.

Le temps de la mauvaise saison est très-supportable dans cette partie occidentale de l'Inde. On n'y voit jamais ni grêle ni neige, et le froid n'y est point rigoureux.

Les brouillards y sont fréquens, et souvent on n'y voit point à la distance de trente brasses en mer, surtout vers les équinoxes.

Ainsi Fernando passa bien des jours dans ce qu'on peut appeler une humide obscurité.

Comme on lui avait laissé des armes et tout ce qu'il lui fallait pour qu'il pût chasser, il allumait tous les jours du feu, dans l'espérance qu'il serait aperçu par quelque navigateur; mais il s'écoula encore bien du temps avant que ses vœux ne fussent comblés.

Le printemps est pour les êtres sensibles la plus riante des saisons ; tout dans la nature porte l'attendrissement; la pureté du ciel, la beauté de la verdure, celle des fleurs, le chant des oiseaux qui semblent à l'envi louer le Dieu de l'univers, et célébrer aussi leurs amours, font naître une foule de réflexions dont un cœur vertueux peut jouir tranquillement.

Ce spectacle enchanteur pour tout autre, était un tourment pour le comte; et semblable à ce monstre qui, venant de commettre un parricide, jetait des pierres à des oiseaux qui chantaient, les accusant de révéler son crime, Fernando eût voulû les faire périr tous, croyant retrouver dans leur ramage harmonieux la voix de dom Sanche, de dom Carlos, de Florestan et de tous ceux enfin qu'il avait persécutés si cruellement.

Il passa là près d'une année dans un état de souffrance, vivant des fruits dont il avait fait un petit magasin, et de coquillages qu'il trouvait sur les bords de son île.

Il maudissait sa destinée, sans pourtant se repentir du passé, et sans avoir la possibilité de prévoir l'avenir. Ah! que son sort était différent de celui du vertueux dom Carlos!

Autant on détestait le souvenir du premier, autant on chérissait celui du second. Il n'était pas un Espagnol, un Portugais, à qui l'honneur était cher, qui ne formât des vœux pour que ce guerrier, la gloire de son pays, revînt jouir de la reconnaissance de tous ses concitoyens ; mais, hélas ! rien ne faisait présumer que leurs désirs dussent bientôt être satisfaits.

Philippe IV avait fait parcourir ses vastes états. Toutes les recherches qu'il avait ordonnées s'étaient trouvées infructueuses.

Des commissaires parcoururent aussi la Hollande ; mais leurs démarches n'eurent pas le succès qu'on en attendait ; cependant elles firent retrouver deux des victimes de la perfidie de Fernando, et donnèrent un grand jour sur l'infamie de sa conduite.

Un des envoyés de Philippe, en passant dans les environs d'Amsterdam, fut instruit que depuis plusieurs années il existait un couple d'époux qui vivaient retirés, et semblaient même éviter les regards, puisqu'ils ne sortaient point de leur habitation, située à fort peu de distance de la mer ; que le mari paraissait avoir éprouvé de grands chagrins ; car il se promenait souvent seul dans son jardin, quelquefois, vers le soir, sur le rivage, et qu'il semblait livré à de douloureuses réflexions, qui ne pouvaient être causées par l'infortune, puisqu'il était très-libéral envers les pauvres, et que sa maison était ouverte à tous les malheureux ; qu'il ne pouvait souffrir que ses domestiques en renvoyassent aucun sans leur avoir donné des secours, qu'ils avaient ordre de distribuer dans une petite habitation construite à côté de la sienne, et qui ressemblait à un hospice.

Toutes ces circonstances, rapportées par un pêcheur, firent penser à l'envoyé de Philippe que cet homme bienfaisant pourrait être dom Carlos, ou peut-être dom Sanche ; et pour s'en assurer, il changea de vêtement, en prit un qui paraissait annoncer l'indigence, et se présenta vers le soir à l'habitation qui lui avait été indiquée.

On le reçut, et un ange, sous la figure d'une femme, vint bientôt pour s'assurer si l'étranger ne manquait de rien.

Le ton distingué, les manières affables de Thérésia firent connaître à l'envoyé que celle qui lui prodiguait des soins était une femme de qualité. Pour la forcer à se trahir, il se plaignit de l'inconstance de la fortune, de la perfidie d'un ennemi puissant qui l'avait contraint d'abandonner sa patrie Ah! s'écria l'épouse de dom Sanche, il existera donc toujours des scélérats qui persécuteront impitoyablement les hommes de bien! — Vous avez sans doute éprouvé quelques infortunes, lui dit l'envoyé; car vous êtes vivement émue.

Thérésia ne lui répondit point, et donna à son domestique l'ordre précis de ne point laisser partir l'étranger sans l'avoir prévenue.

Ce fut en vain que celui-ci interrogea le paysan qui lui servit à souper ; il n'obtint d'autres éclaircissemens que ceux qu'il avait reçus du pêcheur.

Le lendemain, dom Sanche, qui comptait bien n'être point reconnu après tant d'années d'absence de sa patrie, et sachant que son hôte était vêtu, à ce que lui avait dit Thérésia, à la manière des paysans hollandais, alla trouver le voyageur, lui fit des questions sur le pays qui l'avait vu naître, et apprit qu'il était Espagnol.

Comme il ne put cacher son émotion en entendant parler de sa patrie, l'envoyé de Philippe s'en aperçut et dit : Grâce au ciel, je suis, je crois, au terme de mes peines ! le monstre qui m'a persécuté n'est plus en pouvoir de me nuire, ainsi qu'à deux nobles seigneurs qu'il a rendus bien à plaindre. L'un est dom Sanche, et l'autre dom Carlos, qui sont desirés, attendus à Madrid par le monarque, qui veut, assure-t-on, à force de bienfaits, faire oublier à ces vaillans guerriers tant d'années d'esclavage et de douleur.

Vous dites que dom Sanche pourrait rentrer dans sa patrie? reprit Thérésia. — Je vous le certifie, et si je connaissais l'asile qui les dérobe l'un et l'autre, je leur remettrais des papiers qui pourraient les convaincre de la vérité de ce que je viens de vous dire.

Comme il s'aperçut que la méfiance s'était emparée de ses hôtes, il ajouta : Pardonnez, si pour arriver jusqu'à vous, j'ai eu recours à la ruse; mais j'espérais obtenir quelques notions sur ceux qui sont maintenant les objets de la vive sollicitude du monarque. Voyez en moi un de ses envoyés, et s'il vous restait encore quelque doute sur la sincérité de mon discours, je vais vous donner des preuves de leur véracité. Alors, si vous avez quelque connaissance à me donner sur la retraite qu'ont choisie ceux que je cherche depuis plus d'une année, j'aime à penser que vous me la ferez connaître.

Il prit son portefeuille, en tira des papiers : c'était la réhabilitation de dom Carlos et celle de dom Sanche, revêtues de la signature de Philippe et des sceaux de l'État ; ainsi que la remise entière de leurs titres, et des biens immenses qui leur avaient appartenu.

Thérésia ne fut pas capable de résister plus long-temps à la joie : elle tomba dans les bras de son époux, en répétant à plusieurs reprises : O mon cher dom Sanche ! l'honneur nous est donc enfin rendu !

Oui, madame, et je suis chargé de la part de notre auguste monarque, de ramener à sa cour ceux que les calomnies du comte Fernando en ont éloignés.

Retourner à la cour d'Espagne ! non,

seigneur, jamais; j'en fus banni par Philippe III, et depuis long-temps étranger, non à ma patrie, car je la porte dans mon cœur, mais aux usages d'un monde que j'ai résolu de fuir, je reste dans cet humble asile qui convient à ma façon de penser, ainsi qu'à celle de mon épouse; il me suffit de savoir que l'honneur m'est rendu, et que je puis, sans danger pour la sûreté de mes jours, reprendre un nom que mes aïeux ont illustré. Quant à ma fortune, j'y renonce entièrement pour moi-même; et puisque le roi veut bien qu'elle redevienne ma propriété, je vais vous donner un pouvoir que vous remettrez au souverain, afin qu'il en dispose en faveur des veuves et des enfans des guerriers qui sont morts en défendant ma patrie. De longs malheurs, dix années de captivité ont affaibli mes forces physiques. Je ne puis plus être d'aucune utilité à mon pays; je reste dans celui-ci, où, content d'une aisance qui me met à même de faire encore quelquefois du bien à mes semblables, j'ai trouvé un bonheur exempt de trouble et d'envie; bonheur que n'a pu me procurer nombre d'années passées à la cour, au milieu du tumulte, et même souvent des honneurs qu'on rendait à mes travaux guerriers.

Ce fut en vain que l'envoyé de Philippe employa les prières, les plus vives instances; il ne put déterminer dom Sanche à quitter la retraite qu'il s'était choisie, et qu'étaient venu embellir pour lui la douce paix et les charmes de la bienfaisance.

Il eut le bonheur d'apprendre que Florestan était en Portugal, autant heureux qu'il était possible qu'il le fût, après avoir vu périr le jeune Alphonse, et ignorant toujours quel était le sort de dom Carlos.

Porteur de l'écrit de dom Sanche, qui

abandonnait tous ses biens pour qu'ils fussent répartis entre les fils des défenseurs de l'État, et rempli de la plus parfaite estime pour ses hôtes, l'envoyé de Philippe continua ses recherches en Hollande; mais il ne fut point aussi heureux qu'il l'avait été, et retourna dans sa patrie, sans avoir obtenu aucun renseignement sur le noble et vaillant dom Carlos.

Il était peut-être réservé au fidèle et généreux Florestan, de voler à la recherche de celui à qui il avait sauvé la vie; mais pour cela il fallait qu'il quittât sa chère Célina et sa fille, qui déjà bégayait le nom de *maman*.

Après avoir tant éprouvé de peines, se hasarder à en ressentir d'autres, s'exposer de nouveau aux fatigues d'un voyage dont on ne peut déterminer la longueur ni les dangers, quitter une épouse adorée, la laisser dans une mortelle inquiétude sur son sort, ce sont des choses qui peuvent donner lieu à des réflexions souvent bien douloureuses ; mais le courage et l'amitié sincère ne connaissent point de sacrifices qui ne leur deviennent possibles.

Chère Célina, dit un jour Florestan, depuis que je suis ton époux, mon bonheur passe toute mon espérance ; toi, notre fille, des amis vertueux (dom Mathias, Lorédo et leurs aimables épouses composaient leur société), en faudrait-il davantage pour la félicité la plus parfaite, si le souvenir de dom Carlos, de ce guerrier malheureux, ne venait sans cesse me tourmenter? Hélas ! il me semble souvent le voir errant dans quelque climat éloigné, redoutant les regards, tremblant toujours de rencontrer ceux de l'infâme Fernando, dont il ignore la chute ; manquant peut-être de tout, tandis que Florestan, celui qui doit tout à sa famille, est comblé des dons d'une fortune qui est la sienne. O ma Célina! si j'osais te parler d'un projet... — Quel est-il? explique-toi; et quel qu'il soit, tu me trouveras digne de toi. Tu ne peux vouloir rien que de juste. — Eh bien! je te demande à m'éloigner de ce château pendant une année seulement. Ce terme passé, si mes démarches pour retrouver le père du pauvre Alphonse, sont infructueuses, je me persuaderai que l'impitoyable mort l'aura réuni à son fils; et tout en versant des larmes sur le triste sort de cet homme vertueux, je n'aurai du moins aucuns reproches à me faire. Hélas! je n'ai pu sauver le fils d'un affreux naufrage, et je regarderais comme le plus bel instant de ma vie, celui où je retrouverais dom Carlos, et où je pourrais lui dire : vos malheurs sont finis, puisque l'honneur vous est rendu, et que l'Espagne et le Portugal ont reconnu et proclamé votre innocence.

Célina sentit son cœur se briser, en pensant qu'il fallait qu'elle se séparât de son mari. Mais que pouvait-elle lui dire, pour l'en empêcher, qui ne fût condamné par son cœur? Ainsi elle consentit à sa demande, prépara elle-même tout ce qui pouvait lui être nécessaire pour un voyage d'une aussi longue durée.

Combien Florestan fut sensible au genéreux dévouement de sa femme! Il en conçut le plus heureux présage pour le succès de son entreprise.

En moins de deux jours il fut prêt à partir. Il emmena avec lui Iglouf, jeune nègre, qu'il avait pris à Mujac, et qui lui était extrêmement attaché, depuis qu'il était à son service.

Iglouf avait vingt ans, et depuis l'enfance il était en esclavage à Mujac, lorsque Florestan y fut amené, et vendu par un corsaire pour le service d'Aliassin.

Dans les premiers instans où notre Portugais était livré à de rudes travaux, sous l'inspection du sévère ministre du roi, le petit nègre s'empressait de l'aider soit à porter des fardeaux trop lourds, soit aux travaux du jardinage, dont Florestan n'avait aucune connaissance.

Ce qu'Iglouf fit en ce temps-là, ne demeura point sans récompense. Dès que celui pour qui il avait montré une sensibilité si grande, eut obtenu les faveurs d'Aliassin, il le prit à son service, qu'il sut adoucir par tout ce que la bonté et la reconnaissance peuvent imaginer pour faire oublier l'esclavage.

Ce fut donc le nègre qui accompagna Florestan dans un voyage que lui inspirait le noble et touchant héroïsme de l'amitié.

Parmi les craintes qui s'étaient emparées involontairement du cœur de Célina, il en était dont elle n'avait pu taire la cause.

Le comte Fernando, reconnu pour un infâme calomniateur, avait été condamné par contumace au dernier châtiment; mais ce trop heureux scélérat n'avait point été arrêté. En abandonnant le port de Mujac, il avait sur le vaisseau, suivant ce que Florestan avait dit, des richesses immenses. Il pouvait être débarqué dans quelque pays où allait se trouver Fernando; ce danger la faisait frémir. Mon ami, je t'explique ce qui me donne une si grande terreur, disait Célina, la veille du jour où son époux devait la quitter; Iglouf était présent. Bonne maîtresse à moi, pas avoir peur du méchant Fernando. Moi avoir vu lui, moi connaître ennemi à maître. Ah! si je rencontre lui, tuer, moi de suite. Jamais quitter bon Florestan ; mourir pour défendre père à petite Isabelle (c'était le nom de la fille de Célina.) Ah ! nègre fort , pas poltron ; armes, bras, courage, vie entière, tout être à celui qui a pris moi avec lui.

Rassurée autant qu'il était possible de l'être, la jeune mère embrassa son époux, le recommanda à la bonté du ciel, et passa la journée du départ avec Cécile et l'épouse de dom Mathias.

Ce fut en recevant les témoignages de leur attachement, en prodiguant à sa fille les soins multipliés de la tendresse maternelle, qu'elle parvint, non pas à se tranquilliser sur le sort de son mari, mais à supporter du moins patiemment les rigueurs d'une absence que semblaient commander impérativement les lois sacrés de la plus sainte amitié.

Cette fille du ciel, ce doux présent

que la Divinité fit aux mortels, cette noble passion des belles âmes, a ses héros, qui ne le cèdent en rien à ceux que produisent journellement et l'amour et l'honneur. Ah! si Minerve descendait sur la terre, ce serait aux premiers qu'elle adjugerait la couronne.

Tandis que Célina redoutait que le comte Fernando ne pût attenter aux jours de Florestan, le premier venait de parvenir à quitter l'île où les gens de son équipage l'avaient déposé.

Tout semblait désespéré pour l'insulaire. Nul vaisseau n'avait paru depuis qu'il était séparé de la société; lorsqu'un matin, debout sur le bord de son désert, mesurant d'un œil farouche la plaine liquide qui se trouvait devant lui, ennuyé de la vie, et songeant à la terminer, il aperçut dans l'éloignement un point qui sembla bientôt augmenter; le vent s'éleva, et l'objet approchant, il reconnut que c'étoit un bâtiment.

Aussitôt il court, ramasse des branches d'arbres, des feuilles sèches, les apporte précipitamment le plus près de la côte, y met le feu, qui s'allume, et qu'il entretient avec de nouveaux alimens.

Il est aperçu, et un coup de canon lui annonce que l'on va venir à son secours.

Comme il craint que ce ne soit un vaisseau espagnol, et qu'il ne coure un danger réel, si Fabricio, son secrétaire, ne lui en a point imposé en quittant Mujac, il se décide à prendre sur-le-champ un des habits de matelots, et abandonnant un instant le rivage, il y revint ensuite, costumé de manière à n'être point reconnu.

Il fut bientôt convaincu qu'il avait pris une bonne précaution; car l'équipage étant très-près du rivage, il reconnut que ceux qui le composaient étaient tous de sa nation.

Si son vêtement, une grande barbe, un teint noirci par les ardeurs du soleil, avaient apporté un grand changement sur sa personne, son langage pouvait le trahir; mais comme il savait parfaitement l'idiome Indien, il résolut de s'en servir et de ne faire connaître qui il était, que lorsqu'il aurait la certitude de ne courir aucun risque.

Le commandant du vaisseau, qui ne voulait point stationner près d'un lieu qu'il ne connaissait point, et redoutant les bancs de sable, qui sont très-dangereux près des îlots (car ce qu'il voyait lui paraissait en être un), détacha une chaloupe qui alla prendre le comte Fernando, et l'amena à bord du bâtiment.

On lui fit plusieurs questions en espagnol, auxquelles il eut grand soin de ne point répondre ; mais apercevant quelques nègres qui étaient matelots, il fit signe qu'on les appelât.

Ils vinrent, et Fernando, en langue Indienne, leur dit qu'il était du royaume de Bisnagar, qu'il y avait six années qu'un bâtiment qui faisait voiles pour Pondicheri, et sur lequel il s'était embarqué, avait fait naufrage près de l'endroit d'où on l'avait tiré, que tout avait péri, excepté lui; qu'il avait eu le bonheur de se sauver à la nage et d'aborder dans l'île.

Son récit fut rendu par un des nègres qui, depuis long-temps, chez les Espagnols, en parlait assez passablement le langage. Comme le bâtiment faisait voile pour le Malabar, le commandant lui fit dire qu'on l'y déposerait.

Il n'avait pour toute fortune qu'une vingtaine de pièces d'or, et quelques bijoux dont Fabricio n'avait point voulu que les matelots le privassent.

Deux jours suffisaient avec un bon vent pour arriver au Malabar ; mais c'en fut assez pour persuader à Fernando qu'il avait eu raison de ne pas se faire connaître ; car il entendit parler de son ennemi.

Peut-être, disait le commandant, serons-nous assez heureux pour retrouver cet homme qui fut la victime d'un scélérat que la trop grande confiance du monarque a seule enhardi.

Par saint Nicolas! reprend le pilote, si nous arrivons sans bourasque jusqu'à Poudicheri, où l'on pense que dom Carlos s'est réfugié, et que là nos vœux soient remplis, je m'exposerais volontiers à courir encore dix années de climats en climats, si j'étais assuré de pouvoir un jour mettre le grappin sur ce Fernando que Lucifer confonde.

Avec quel plaisir je m'emparerais de

ce brigand ! ah ! nom de babord et de tribord, je l'attacherais à la poulie de la grande vergue, et je lui ferais donner, non pas une calle sèche, puisqu'il appartient à la justice du monarque, mais une correction préliminaire qu'il a bien méritée.

Tous les gens de l'équipage parlaient dans le même genre. Fernando tremblait d'être reconnu ; car lui-même avait remarqué des officiers avec lesquels il s'était trouvé en relation à Lisbonne, dans le temps où il en était le gouverneur ; et il croyait, comme on l'examinait attentivement, qu'il avait laissé des souvenirs.

Avec quelle joie il entendit les matelots crier *terre !* Il regarde et aperçoit la côte du Malabar. Bientôt on y débarque, et le comte, tel qu'un voleur qui vient d'échapper à la justice, sort du bâtiment, après avoir remercié le patron, s'éloigne avec la rapidité de l'éclair, et va chercher un asile où il puisse, pendant quelque temps, échapper à la curiosité qu'il avait fait naître parmi les passagers qu'on avait débarqués avec lui.

Le voilà donc dans un nouveau climat. Puisse-t-il n'y faire aucun malheureux ! mais hélas! le rôle infâme qu'il joue depuis tant d'années, n'est point fini.

CHAPITRE XXIII.

L'amour de la patrie, le désir si naturel à l'homme de jouir d'une heureuse indépendance que doivent protéger la justice et les lois, s'étaient emparés de l'âme des guerriers que commandait le souverain du royaume de Golconde.

La crainte de voir un des plus beaux pays de l'Inde envahi par une horde de Marattes, centupla les forces des troupes de Sigisgan, qui hâta sa marche pour arriver assez à temps, afin de ne point laisser à l'ennemi la possibilité d'entrer dans ses états.

Le royaume de Golconde est défendu à la frontière d'Orixa par plusieurs monts escarpés, qui ne laissent entre eux que des passages extrêmement dangereux pour les assiégeans qui prétendraient en profiter.

Ces cols ou pas peuvent laisser aller de front trois ou quatre hommes au plus, et les chariots, les vivres, les éléphans même sont trop gros pour suivre l'armée.

Sigisgan et sa troupe, placés sur les hauteurs, attendaient que Zeïde pût commettre une imprudence dont le chef du royaume de Golconde espérait tirer un grand profit.

Un seul chemin était dangereux pour ceux que prétendait vaincre Zeïde Binder; mais il était défendu par le gros de l'armée, dont la force était considérable. Il n'y avait qu'une trahison qui fût capable de favoriser l'ennemi. Une trahison! ce mot horrible, qui renferme en lui seul tout ce qu'il y a de plus abject, tout ce que le crime peut faire présumer de plus horrible, serait-il donc connu dans ces climats, où les habitans semblent avoir conservé la pureté du premier âge?

La pureté de l'âge d'or! hélas! par malheur pour l'humanité, il n'a guère existé que dans l'imagination des poëtes, qui nous ont donné pour des certitudes les belles fictions de leurs âmes vertueuses. Ah! depuis le fratricide Caïn, jusqu'à ce jour, le monstre de la jalousie et celui de la trahison ont formé une secrète alliance, et tous deux prennent pour victimes ceux qui, toujours animés par les nobles sentimens de l'honneur, n'ont jamais pu se persuader qu'on osât livrer sa patrie.

Tandis que Sigisgan avait la plus grande confiance dans un de ses généraux, celui-ci s'entendait avec Zeïde, à qui, moyennant une somme immense et la promesse d'une des premières places de l'Etat, il devait livrer l'entrée du territoire, et par suite, toute la famille royale. Dès lors, l'ennemi se porta du côté où il avait su se procurer des intelligences ; mais il le fit avec une telle adresse, que son changement de position, qu'il eut grand soin de faire effectuer nuitamment, fut regardé comme une retraite, surtout d'après les avis donnés par le général qui trahissait.

Alphonse, ou plutôt Thamar, qui brûlait de combattre, et craignait d'en voir échapper l'occasion, fut moins crédule que les autres, et voulut éclaircir le mystère qui semblait envelopper les motifs d'une retraite aussi précipitée, et qui lui paraissait peu naturelle d'après les préparatifs faits par Zeïde.

Mon père, dit il à Sigisgan, on nous trompe, n'en doutez point. Quelqu'un des généraux à qui vous avez accordé votre confiance s'entend avec le nabab d'Orixa ; je ne suis encore qu'un enfant ; mais je soupçonne la fidélité de Brampour. Donnez-moi la permission de l'éprouver ; mais pour le faire avec certtude, il faut que vous soyez informé d'avance que je me montrerai aux yeux du général, comme un ingrat qui, oubliant tout ce qu'il doit à la reconnaissance, aspire à posséder le trône sans la princesse Nirzaël, que je feindrai de ne point aimer.

Mais pendant cette épreuve, n'abandonnons aucune de nos positions, et ne laissons pas même voir à l'ennemi que son mouvement rétrograde a été remarqué.

Sigisgan consentit à la demande de Thamar; et vers le soir du même jour, il avait acquis la preuve certaine de la perfidie du général Brampour.

Pour acquérir cette connaissance, le jeune Portugais avait paru condamner le plan de campagne dressé par le roi. S'il eût suivi votre avis, dit Thamar... mais il ne veut écouter personne. Ah! si j'étais un des chefs de l'armée...— Et que feriez-vous, mon prince (c'était ainsi qu'Alphonse était qualifié)? — Je n'ose m'expliquer avec vous. — Comptez sur ma discrétion, sur ma fidélité. N'est-ce pas vous qui devez régner un jour? — Oui, mais ce temps est encore trop éloigné, et mon impatience.... — Vous fait franchir en esprit les degrés qui conduisent au trône. — Si vous étiez décidé à me seconder.... — Que faudrait-il faire pour cela? — Me servir avec zèle; ce serait le sûr moyen de parvenir au rang glorieux de second de l'État : je vais vous ouvrir mon âme toute entière. Depuis que le sort m'a conduit sur ces bords, j'ai toujours caché mon origine, elle est illustre; je suis fait pour occuper un trône; mais pour me choisir une épouse, et associer à mon sort celle que l'amour m'aura montrée digne de moi. Déjà j'ai fait un choix. Ainsi, favorisez par votre adresse la prise du côté oriental de Golconde, livrez Sigisgau et sa fille au nabab d'Orixa. Je monte sur le trône, appelé par le vœu du peuple et par celui de Brama; et votre fille, que j'ai distinguée parmi toutes les beautés de ce pays, deviendra ma compagne.

Brampour, étonné d'entendre le prince Thamar s'exprimer avec une telle assurance, réfléchit un moment sans lui répondre. — Vous hésitez! lui dit le jeune homme. Me serais-je trompé? Et ma confiance...—Est bien placée, seigneur; je m'étais aperçu de la contrainte que vous éprouvez depuis long-temps. Une seule chose m'afflige, reprit Thamar; il paraît que le nabas a fait éloigner ses troupes; cette mesure nous ôte les moyens d'accomplir mes desseins. — Revenez de votre erreur. Voulant vous servir malgré vous, et changer pour le bonheur de tous la face du gouvernement, j'ai moi-même conseillé cette mesure qui laisse sans aucune crainte un monarque qui n'est plus en état de gouverner. — Qui peut me prouver que vous êtes sincère, et que vous ne parlerez point au faible Sigisgan de la noble ambition qui me dévore? Que vous n'irez point lui révéler en secret le projet que j'ai formé d'épouser votre fille? Vous avez reçu mes aveux, et je n'ai de vous aucune garantie.

Prince, je ne puis vous en donner de plus sûre que cet écrit que je viens de recevoir du nabas d'Orixa, en réponse à celui où je lui propose, pour la nuit prochaine, de faciliter son entrée par le côté le plus voisin de la tente de Sigisgan. Thamar prend l'écrit. Voilà, dit-il, ce qui me répondra de votre déférence à mes volontés. Vous trouverez en moi un prince qui saura vous récompenser. Je retourne près du roi, à qui mon absence pourrait donner quelques soupçons; mais si vous m'en croyez, instruisez Zeïde-Binder des résolutions que nous avons formées pour son bonheur, le vôtre, et pour celui d'un prince qui n'oubliera jamais ce que vous faites pour la prospérité du royaume de Golconde.

Pour gagner la tente du général, distante de celle du roi d'un demi-mille environ, il s'était fait accompagner de sa garde.

Elle était composée de près de cent hommes, qui tous lui étaient dévoués.

Il avait déjà fait quelques pas pour se rendre auprès de son père adoptif, lorsqu'il lui vint la pensée de visiter tout le camp que commandait Brampour.

Il retourna donc parler encore au perfide général. Je désire, dit-il, visiter le corps d'armée sous vos ordres. D'après mes arrangemens, je veux qu'il me connaisse, et que vous fassiez prêter à vos soldats, par l'organe de leurs officiers, le serment de la fidélité qu'ils doivent à leur nouveau souverain.

Brampour obéit, ne voyant dans cette volonté du prince qu'une preuve non équivoque des sentimens qu'il venait de lui faire connaître. En moins de dix minutes, vingt mille Indiens sont sous les armes. Thamar les passe en revue avec cette noble assurance qu'on admirerait dans un vieux guerrier. Soldats, leur dit-il, la patrie compte sur vous et sur moi. Nos intérêts sont maintenant inséparables. Jurez donc tous par *le divin Brama et par le nom de vos pères* (c'était la formule du serment des Indiens), que vous me garderez une fidélité inviolable, que vous ne recevrez jamais d'ordre que de moi ou de celui à qui j'aurai délégué mes pouvoirs. *Nous le jurons*, fut le cri unanime de toute l'armée. *Puisse Brama nous abandonner, et le fleuve du Gange ne plus fertiliser nos heureux climats, si un seul de vos soldats vient à vous trahir!*

Eh bien! reprit Thamar avec un ton de voix qui semblait déceler la fureur qui l'animait, au nom de ce Dieu, que vous venez de prendre à témoin de la foi que vous m'avez jurée, par ce fleuve bienfaisant qui a daigné me déposer sur ses bords, je vous ordonne de vous emparer du traître Brampour, et de le conduire chargé de fers jusqu'à la tente du roi, mon souverain et le vôtre.

Apprenez, ajouta-t-il, qu'il a vendu sa patrie, et que la nuit qui doit suivre le premier coucher du soleil, il devait livrer à Zeïde-Binder votre légitime souverain, sa femme et sa fille.

Les ordres donnés par Thamar sont exécutés sur-le-champ: on s'empare du coupable général, et pour ne point laisser le corps d'armée sans un chef expérimenté, le fils adoptif de Sigisgan, ce noble enfant qui venait, par son énergie, de sauver les jours du roi, nomma au lieu de Brampour, le chef de sa garde, homme aussi probe qu'il était vaillant guerrier.

Partez, ajouta l'impétueux Thamar, je ne puis vous suivre en ce moment ; je vais visiter les avant-postes, y changer la consigne et le mot d'ordre ; avant deux heures je serai de retour vers le roi. Songez que vous me répondez sur votre tête de celui que je vous confie.

On entra dans la tente de Brampour, et l'on y trouva plusieurs papiers qui attestaient sa perfidie.

Le fils de dom Carlos visita les postes avancés ; partout il remarqua un dévouement sans borne.

Il fit partir aussitôt un officier qui avait toute sa confiance, pour le château où étaient la reine et la princesse, avec l'ordre formel d'en changer le gouverneur, qu'il présumait d'intelligence avec le général qu'on venait d'arrêter. Toutes ces opérations étant terminées, il se rendit à la tente du monarque, où déjà le coupable Brampour était arrivé, et où l'on venait d'amener aussi deux espions de l'armée de Zeïde-Binder.

Thamar se jette aux genoux du roi : mon père, lui dit-il, pardonne si je me suis fait jurer par tes soldats une fidélité qui n'est due qu'à ton auguste personne, mais les circonstances étaient graves ; et le temps que j'aurais employé à venir te demander tes ordres, eût peut-être suffi pour que le succès couronnât la trahison. Il fit à Sigisgan un récit succint de tout ce qu'il avait fait.

Les papiers trouvés dans la tente du général Brampour, étaient plus que suffisans pour qu'on appelât sur sa tête la juste vengeance des lois ; et la nuit n'avait point encore étendu son voile sur la nature, que le traître avait reçu le châtiment dû à son forfait.

Les espions de Zeïde-Binder n'eurent d'autre punition que celle d'être présens au supplice du général.

Allez, leur dit Sigisgan, retournez vers le nabas d'Orixa; dites-lui bien qu'un souverain à qui l'honneur est cher, aime à combattre loyalement; mais que se servir de la trahison, est une lâcheté qui dénote la faiblesse et la mauvaise foi.

Les deux envoyés de Zeïde, qui s'attendaient à une mort certaine, tombèrent aux genoux du monarque, et lui rendant grâce de la vie qu'il venait de leur accorder, ils lui demandèrent la faveur de rester à son service.

Cette proposition vous déshonore; leur dit-il, et si je pouvais me repentir de vous avoir fait grâce, votre bassesse me mettrait dans ce cas là.. Eh quoi! envoyés par votre souverain, vous osez le trahir ainsi, perfides! qui prétendez abandonner l'armée, et vous battre contre vos concitoyens assemblés près des frontières de mes États ! Vous n'avez donc point de pères, de frères, qui soient dans les armées de Zeïde! Si je punis sévèrement les traîtres, je punis de même de lâches déserteurs.

Je ne mets point de différence entre celui qui livre sa patrie, et celui qui combat contre elle.

Il fit sur-le-champ conduire ces deux hommes à l'ennemi; et dans la nuit, toutes les dispositions ayant été changées, l'attaque commença le lendemain dès la pointe du jour, dans une plaine de quatre lieues.

L'ennemi fut débusqué de la position qui lui eût été avantageuse, si Brampour fût resté général. Il éprouva une perte considérable, tant en hommes qu'en bagages, or, argent, armes, chameaux et éléphans, qui presque tous avaient été portés de côté.

Ce fut dans cette guerre, que Thamàr, qui n'avait pas encore dix-sept ans, fit des prodiges de valeur.

L'ennemi, repoussé avec un emportement qui jusques-là n'avait pas eu d'exemple, recula de plusieurs lieues de la frontière; mais Sigisgan, loin d'imiter la conduite d'Annibal, qui, après la bataille de Cannes, s'amusa à compter les anneaux des chevaliers romains qu'il avait vaincus, poursuivit à outrance Zeïde-Binder, et s'étant avancé avec la rapidité de la foudre, il le contraignit à lui demander la paix, ou à subir les lois de l'esclavage; car il était en son pouvoir.

Cette guerre ne dura que onze jours; et ce fut à la dernière bataille, que le souverain d'Orixa connut enfin son vainqueur.

Des deux côtés la fureur était extrême. Zeïde-Binder rendait sa fuite redoutable par le secours de plusieurs renforts qui étaient arrivés sur les derrières de son armée, et qui réparaient journellement une partie de ses désastres ; Sigisgan avait aussi à regretter la perte d'un grand nombre de braves ; mais tous ses sujets s'étant levés à son premier appel, il n'avait pas la possibilité d'en faire un second. Il n'était plus qu'à dix lieues de Ramana, ville principale où résidait Zeïde-Binder : la prise de cette place importait à sa gloire ; mais une quatrième bataille décida de la paix, qui fut due au courage du fils de dom Carlos.

Pendant une mêlée où chacun combattait avec un acharnement égal, où les officiers et les soldats se montraient tous presqu'autant de héros, Sigisgan se vit sur le point d'être pris par Zeïde.

Thamar vole à son secours avec une cinquantaine des siens ; dégage le roi, qui venait de recevoir une blessure au bras droit, le fait porter dans une tente éloignée, et soutient, avec quelques braves Indiens, le choc le plus terrible.

Zeïde et Thamar se trouvant en face l'un de l'autre, se mesurent de l'œil, et gardent un moment de silence ; chacun semble étonné de se trouver un tel adversaire. Le roi d'Orixa regarde avec quelque pitié l'enfant qui veut le combattre; mais bientôt à la vigueur des coups qui lui sont portés, il ne peut douter que la puissance divine ne seconde le courage du jeune guerrier.

La fureur anime les deux rivaux en gloire. Déjà ils se sont portés des coups terribles; le sang coule des blessures de Binder. Il est renversé, et Thamar lui posant le genou sur la poitrine, le force d'avouer que la guerre qu'il a intentée à Sigisgan est injuste.

Ce fut en ce moment terrible qu'on vit un enfant aussi brave que le fut Achille, mais mille fois plus généreux, offrir un exemple de modération. Le héros grec, abusant de sa victoire, immola Hector à ses pieds, et le fit traîner autour des murailles de Troie. Thamar, au contraire, conservant à Zeïde une existence qu'il pouvait lui ravir, fit à l'instant cesser le carnage, et par ses ordres on prodigua au roi d'Orixa tous les soins que réclamait l'humanité.

Ce trait, qui peignait la magnanimité de son âme, toucha le cœur du vaincu; il tendit la main à son adversaire, et, d'une voix affaiblie par les souffrances, il lui dit : Jeune homme, tu me forces à t'admirer, et je t'offre mon amitié; qu'elle soit le gage d'une paix durable entre les peuples de Sigisgan et les miens. Ah! si le ciel permet que je survive à ma défaite, je veux être l'ami de ton roi.

Bientôt les deux souverains furent réunis, et l'on signa un traité d'alliance entre les deux Etats voisins, qui conservèrent long-temps la plus heureuse intelligence.

Dès que Zeïde-Binder fut hors de danger, il se fit apporter ses armes, que Thamar avait eu la générosité de lui laisser; il les prit, et les présentant à son vainqueur, il lui dit : Jeune héros, la gloire de la patrie qui t'a vu naître, et le bonheur de celle qui t'a adopté, reçois de moi ce présent. Tu es le premier à qui Zeïde ait rendu les armes. Je ne rougis point de ma défaite, puisqu'un dieu sans doute dirigeait ton bras; mais la noble conduite que tu as tenue après la victoire, m'a montré toute la grandeur de ta belle âme.

Ce fut ainsi que se termina une guerre commencée par l'injustice, et que la trahison du perfide Brampour eût pu rendre si funeste aux habitans du royaume de Golconde.

FIN DU TROISIÈME VOLUME.

www.ingramcontent.com/pod-product-compliance
Lightning Source LLC
LaVergne TN
LVHW010553110826
845149LV00003B/643